ドラゴンは
幸せが
分からない
～数百年ぶりに目覚めた最恐種は
人として異世界旅に出る～
ほのぼのる500
Illustration 武田ほたる

CHARACTERS
バズ
犬獣人の少年。
家出したのち、お腹を空かせて
倒れているところを
ルクスたちに救われる。
ガルガ
かつて勇者と
呼ばれていた冒険者。
冤罪で追放され、
ドラゴンの森にやってくる。
ルクス
人間や獣人の争いが嫌になり、
永い眠りについたドラゴン。
あるきっかけで人の姿で
旅に出ることに。

リーガス
家族に捨てられ、
ルクスとともに暮らすことになった
犬獣人の少女。
ふたりはすぐに親友になるが…。
ミルフィ
空から落ちて来た貴族令嬢。
もともと好奇心旺盛な性格だが、
婚約後は我慢を強いられる
日々を送っていた。

あ～、マントで前を隠せ！マントを広げるな！
なぜ隠す？
今まで隠して生活した事はないが
目の前で叫ぶ人間のオスに視線を向ける。
我が獣人になってからこの人間のオスは、
ずいぶんと騒がしくなったな。

ドラゴンは幸せが分からない

～数百年ぶりに目覚めた最恐種は人として異世界旅に出る～

ほのぼのる500

Illustration
武田ほたる

目次

目覚めと国を捨てた冒険者

―ドラゴン　ルクス視点―


ガガガーン。

ドンドンドン。

『…………』

耳障りな音に、意識が浮上する。

なんの音だ？　うるさい。

ガガガガガガッ。

ドドーン、ドドーン。

「攻撃！　上から焼き払え！」

『…………ぅぅう～…………うっ？』

雑音にどんどんイラつきが高まる。誰だ？　我《われ》の眠りを邪魔するのは。鬱陶《うっとう》しい。

ガツン。

何かが体に落ちてきた。痛くはないが、頭を持ち上げ確認すると背に大きな岩が載っていた。

『岩が落ちてきたのか？』

なぜ？

ガガガガガガガッ。

まさかこの岩、この音と関係があるのか？　もしそうならば、許さん！

『んっ？　ここは…………』

周りを確認しようとした瞬間、膨大な映像が頭の中に流れ込む。その量の多さに頭が割れそうな痛みに襲われる。

『うわぁ～』

感じた事がない痛みに体をよじると、あちこちにぶつかる。

くっそぉ。痛い！　なんなんだこれは！

バタバタ暴れると、体に何かが落ちてくる。それも気にならないほど痛い。

「なんだ？　大地が揺れている！　ワイバーン部隊は上空から確認！」

『あぁあぁぁぁぁあがぁぁあぁぁぁぁ』

いたい、いたい、いたい。

この映像はなんだ？　いったい、誰の記憶だ？

車？　バス？　飛行機？　ロケット？

見た事がないものなのに、それが何か分かる。

それに王族？　孤児？　人間？　エルフ？　獣人？

我はドラゴンとして生まれ、今までずっとドラゴンだった。それなのに、彼等《かれら》として生活してきた記憶がある。

どうしてだ？　我に何が起こってる？

『あぁぁ……はぁ、はぁ』

頭の中で流れていた映像が消えると、痛みが落ち着いてくる。

『何が起こったんだ？　それに、さっきの記憶はなんなんだ？』

記憶は思い出そうとすると、すぐに浮かんでくる。痛みに襲われる事を覚悟したが、大丈夫のようだ。

『んっ？　そういえば、ここはどこなんだ？』

まずはこの場所を調べるか。記憶については、もう害はないようだからな。

周囲に視線を走らせる。暗く、冷たい場所。そして狭い……。

『洞窟か？』

夜目がきくので暗さは問題ない。でもこんな場所を我は知らな……いや、知っている場所だ。

『そうか。ここは、我が眠りについた洞窟だ』

周りの事が全て面倒に感じられて、ずいぶん長く生きたし『もういいか』と死のうと思ったんだった。で、襲ってきた者たちの前に無防備にこの姿を見せたんだが……奴等は弱すぎた。

頑張って攻撃してくれたが、我に傷一つ付けられなかったからな。よくあれで「打倒ドラゴン」と叫んだものだ。

しかも奴等はもの凄く、諦めが悪かった。そのせいで、次々と意味のない攻撃を受け、本当に苛立った。しかも我が死なない事に、勝手に焦り攻撃が増えた。そうだ。あれが続くと思ったら、本当に面倒で。それで眠ったんだった。眠っている間に殺されてもいいと思ったし。

『生きているな。死ぬために、膨大な魔力を外に放出して自己治癒力を弱らせておいたのに』

あれ？　眠る前より魔力量が、増えていないか？　それに、外に放出した魔力がなぜか戻ってきている。ん～、以前より強くなってしまったら、死が遠のくではないか。

『はぁ…………眠るか』

パラパラパラ。

『んっ？』

また、岩が落ちてきたのか？　何かが掠《かす》った場所に視線を向けると、壁の一部が崩落していた。

『この洞窟は、もう限界のようだな』

よく見れば、記憶の洞窟よりかなり狭くなっている。眠りについた時は、我が体を横たえてもまだ余裕があった。それなのに今は、半分以上が崩れ落ちている。それだけ時間が経ったという事なのだろうな。

ドドドドドドドーン。

『そういえば、うるさくて目が覚めたんだったな。眠る時も騒がしかったが。目覚めも騒がしいとは』

ドドドドーン。

うるさい。とりあえず、何が起こっているのか確かめるか。

『はぁ…………確かめるの面倒だなぁ』

ドドーン。

ガガガガガガガッ。

「攻めろ！　ワイバーン部隊は上からこの森を焼き払え！　地上部隊は敵を徹底的に殺せ！」

『あぁ、うるさい……もう一度眠るにしても、こううるさいと無理だな』

ドドドドーン。

ドドドドドーン。

ドドドドドーン。

「ははは、獣人共！　お前たちはここで死ね！　一斉こうげ――」

プチン。

『いい加減にしろや～』

頭上の岩を頭で割りながら地上に出る。そして上空を飛ぶ何かに向かって、ブレスを吐く。

空が一瞬、真っ赤に染まる。そして上空にいた何かは、全て消えた。

一瞬の静寂。

あれ？　ブレスの勢いが増している？　あぁ、魔力が増えたせいか。

「なんだ、あれは？」

「攻撃！　攻撃！　あの化け物を殺せ！」

「敵だ！　殺せ！」

あちこちから声が届く、しかも四方から攻撃が来る。先ほどのブレスで少し落ち着いていた気持ちが再度苛立つ。その気持ちを表すように、尻尾をバタンと地面に叩きつける。

ガタガタガタと揺れる大地。叫び声が悲鳴に変わった。

『ちっ。相変わらず、うるさいな』

空に飛び立ち、地上を見下ろす。

『あれは？　ゴーレムか？』

視線の先には巨大なゴーレムが数十体。その巨大なゴーレムの前には、岩で作られた大きな壁があった。

『壁を壊していたのか？』

巨大なゴーレムの前にある岩の壁が、ところどころ崩壊している。ゴーレムが破壊した痕《あと》だろう。

『ゴーレムに指示を出しているのは人間か』

巨大なゴーレムに向かって叫ぶ人間が見えた。興味が湧き見ていると、一体のゴーレムが我に向かって飛び跳ね手を伸ばす。

『鬱陶しいな』

我に手を伸ばす巨大なゴーレムに向かってブレスを吐く。

我のブレスで、地上が真っ赤な炎に包まれる。しばらくして炎が消えると、数十体の巨大なゴーレムも壁も、そして人間も消えていた。

手を伸ばしてきたゴーレムだけを狙ったんだが。

『ふん。まぁいいか』

風に乗って空を飛ぶ。久しぶりに飛ぶ空は、気持ちがいい。

『そういえば、眠りにつく前から空を飛んでいなかったな。どうしてだったっけ？』

眠る前の事をゆっくりと思い出す。

あぁ、そうだ。仲間のドラゴンがこの世界から去りしばらくすると、ドラゴンの存在も忘れ去られてしまった。そんな状態で空を飛ぶと、人間や獣人がうるさく騒ぐから飛ばなくなったんだった。

『もったいない事をした』

空を飛ぶのは、これほど気持ちがいいのに。

『んっ?』

腹に何かが当たった。当たったといっても、鱗にこつんと振動を感じた程度。痛みもなく、特に問題はない。

下を見ると、こちらに向かって攻撃をしている者たちが見えた。

『またか、無駄なのに』

人間は昔と変わらないようだ。獣人はどうだろう?

上空から森を見渡す。木の陰や洞窟の近くに獣人たちの姿が見えた。どうやら、彼等は何かから逃げているようだ。いや、一部の獣人は森にいる人間と戦っている。

『まだ、人間と獣人は争っているのか?』

我が眠った時も、人間と獣人が争っていた。しかもあの当時の人間は、その戦争に我を利用しようとした。我の傍《そば》にいる者を使って。

『あの者は、我が眠った後どうしたんだろう?』

我の事を友と呼び、勝手に傍に来て勝手に話をし、満足すると帰っていく不思議な獣人。我と一緒にいる時間が長くなったせいで、我を利用したい者たちに狙われてしまったのだったな。

眠る前に、あの者を狙う者は全て燃やしたが、大丈夫だっただろうか?

『それにしても、相変わらず弱いな』

腹の方の鱗にコツン、コツンと振動を感じる。無駄だと分かるはずなのに、愚かな事だ。

攻撃をしている者たちに向かって口を開ける。その瞬間、人間が四方に逃げたが気にせずブレスを吐いた。人間も木々も消えた場所を見て、大空に視線を向ける。

『もっと高く飛ぼう』

高みを目指し羽を動かす。もっと高く、もっと高く。

『気持ちがいい』

ずっと眠っていたせいで、少し体がギシギシといっているが、すぐに治るだろう。

眼下に広がる森を見ると、先ほどの騒々しさが嘘のように静かになっていた。

『さて、静かになったしまた眠るか』

起きていたら面倒な事になりそうだしな。

地上を目指して飛ぶと、同じ大きさの石が綺麗に並ぶ場所が見えた。そこは森の中で一番高い崖の上。

『あれは、なんだ？』

少し気になったので、寝床を探す前に崖に向かう。

『これは、なんだ？』

綺麗に並んだ石を見る。どれも同じ大きさで、文字が刻まれていた。

『名前のようだな。あっ、一つだけ大きな石がある。んっ？　リーガス？』

この名前には憶《おぼ》えがある。かつて我の下によく来ていた者の名だ。

『どうしてこの者の名前が刻まれた石だけ大きいんだ？』

あれ？　名前の下に言葉が刻まれているな。

『〈ルクス、ごめんね〉。えっ？　もしかして我の知っているリーガスなのか？』

戸惑《とまど》いながら、石に刻まれた文字を読む。


〈ルクス、ごめんね。私が弱かったせいでルクスは眠ってしまった。もっと私に力があれば。ルクス、どうして何も言わず眠ってしまったの？　いつ起きるの？　もう一度、飛んでいる姿が見たい、声が聞きたい。ねぇ、ルクス。目覚めたら今度こそ幸せになってね。私は、ルクスと出会えて幸せだったよ。ありがとう〉


『リーガス』

我が目覚めるのを待っていたのか？　我のせいで、いろいろな者に狙われてしまったのに。

ツキッ。

微《かす》かに胸が痛み、首を傾げる。

今の感覚はなんだろう？　初めての感覚だから、気になるな。沢山ある記憶の中に、答えはあるだろうか？

　頭の中で記憶を辿《たど》ると、仲間を裏切った者が感じた感覚に似ているな。彼は裏切った事を「後悔」している。

『つまり我は、後悔をしているのか？』

　しかし、何に対して後悔をしているんだ？

　大きな石に刻まれた名前を見る。

　リーガスに何も言わず眠った事だろうか？　それとも、彼女の望みを叶えてあげられなかった事だろうか？　我の事なのに、分からない。

　温かな風が吹くと、ふわりと懐かしい香りがした。

『この香りは、リーガスが好きだった花だな』

　あぁそうか、ここは。

『墓場だ』

　リーガスの亡き母が眠る場所に、ここは似ている。

　一度だけリーガスと一緒に墓参りというものをした。その時に見た場所と、ここは一緒だ。という事は、石に刻まれている名前は、亡くなった者の名だ。

　大きな石を見る。そこに刻まれたリーガスという文字。

『そうか、リーガスは…………。リーガス……久しぶりだな』

リーガスと出会ったのは、彼女が幼い頃。我が眠っている場所に、彼女が落ちてきた。それが我と彼女との始まりだ。たまたま目の前に落ちてきたから助けたが、少しずれていたら放置していたはず。彼女は運が良かった。

まぁ、我にとってはその後の方が大変だったがな。なんせリーガスは、我を見た瞬間真っ青になり悲鳴をあげ泣き始めたからな。「食べないで」と「ごめんなさい」と「許して」を、何度も何度も繰り返して。我は『人間や獣人は食べないから安心せい』と言ったが、ドラゴンの言葉。リーガスに伝わるわけもなく、出会ってから数時間も泣き声を聞き続ける事になったんだよな。

『ふっ、あれはつらかった。リーガスは泣き疲れて寝てしまうし。本当にどうしたものかと悩んだものだ』

目が覚めてからも、リーガスは騒々しかったな。

我が食べないと分かったら、今度は聞いてもいないのに我の下に来た経緯を話し始めた。

「私はリーガスです。ずっと妾《めかけ》の子だと馬鹿にされてきたの、でも私はお兄様やお姉様より頭が良くて、お父様が褒めてくれるようになったの。でもそれがダメだったみたい。お義母様に邪魔だからと崖から突き落とされました」と。そして「行くところがないから、一緒にいさせてください。お願いします」と泣きながら頭を下げた。

『別によいぞ』と言ったが、ドラゴンの言葉。体を使ってなんとか伝えたが、あれは疲れた。

もう二度と、あんな伝え方はしたくないものだ。

一緒に生活を始めて数日。我は、リーガスとは一緒に生活が出来ない事に気付いた。リーガスは、まだ幼く弱いため守られる存在。我は強いが、獣人に変化できないドラゴン。しかも人間と獣人が使う言葉を習得していなかったので、意思疎通も難しい。

『リーガスとの生活は楽しかったがな』

変化のない日常が、リーガスによって変化した。それが、正直楽しかったのだ。でもリーガスをこのまま傍に置くと、命に関わる。だから「仲間たちがいる場所へ帰れ」と、伝えようと思った。

どう伝えたらいいのかと迷っていた時、森がにわかに騒がしくなった。原因は、森に沢山《たくさん》の獣人が入ってきたため。森に来た理由は分からなかったが、ちょうどいいと考えた。彼等にリーガスを託せると。

我はリーガスを咥《くわ》えると、彼等の前に落とした。魔法で怪我をしないようにしたが、彼等の慌てた姿にちょっと焦った。リーガスが怪我でもしたのかと。無事な彼女を見た時は、誤解させた獣人たちに苛立ったものだ。「リーガス！」という名を呼ぶオスの獣人が現れなければ、威嚇《いかく》をしていただろう。

少し様子を見るとオスの獣人が泣きながら彼女を抱きしめたのが見えた。だから、我はその場から離れた。彼女を心配する者がいるなら、もう大丈夫だと思ったから。そして、我とリーガスの関係もその日で終わったと思った。まさか数年後、また会うとは思わなかったからな。

『まぁあれは、リーガスが我に会いに来たんだが』

少し成長したリーガスと、顔を引きつらせたあの時のオスの獣人が目の前に現れた時は驚いたものだ。しかも、リーガスの話によれば偶然ではなく我に会いに来たのだという。

『あの日から、新しい関係が始まったんだよな』

リーガスと再会してから、彼女は度々我に会いに来た。そうだ彼女は、絵本というもので意思疎通を図ろうとした事があったな。あまり上手くいかなかったが。

そういえば彼女の父親はある程度地位のある人物らしく、彼女の傍には父親が選んだ護衛がいたな。ただその護衛、我が怖かったのだろうな。視線が合う度に震えていた。リーガスはそれを面白がっていたっけ。

我はリーガスという存在が楽しかった。会いに来る度に日々の出来事を話していく彼女は、我にとって珍しい存在だった。変わらない日々を過ごす我にとって、リーガスはちょっとした非日常。彼女はつまらない我の生活に、少しだけ楽しみをくれた。

そんな日々を過ごして数年。リーガスの様子がおかしい事に気付いた。何か思いつめている。それが何か分からないが、嫌なものを感じた。だから、様子を見に行った。

上空からリーガスの様子を魔法で覗くと、彼女は婚姻の儀という行事を行っていた。多くの獣人が笑顔なのにリーガスは悲しげで、それに不快感を覚えた。しかもリーガスの隣にいる獣人の視線に嫌悪感を覚えた。だから、リーガスの傍に下りた。

一気に騒がしくなる周り。リーガスは驚いた表情をしたが、我を見て安堵した表情に変わった。その表情に、様子を見に来て正解だったなと感じたものだ。

我の下に駆けてくるリーガス。それを止めようとする、獣人たち。なんとなくムカついたので、牙をむいて威嚇した。ついでに尻尾で周りを薙ぎ払った。叫び声に悲鳴。振り返ると建物が崩壊していた。簡単に潰れるものに興味はない。だから、気にせずリーガスを乗せて飛び立った。

追ってくる獣人。それを無視し森に向かって飛んだ。途中で、獣人が森まで来ると面倒になると思いブレスで追い払った。

『リーガスはそれを見て慌てていたな』

えっとなんだったかな。

『あぁ「やりすぎ！　馬鹿《ばか》！　あぁ、なんて事を」と言っていたような………』

まぁ、既にブレスで追い払った後。灰になった者は戻せないと無視したら、凄く怒りだしたな。

『我に向かって「馬鹿」だの「もっと優しく」だのと怒った者はリーガスだけだ』

そして我がリーガスと森に帰ってきた日から、また我々の関係が変わった。

リーガスは家に戻らず、森で生活を始めた。しかも、どこからか訳ありの獣人たちを連れ帰ってきては、鍛え始めた。

一緒に生活をして知ったが、リーガスは獣人の中ではそこそこに強いらしい。我に比べると弱いが、リーガスが連れ帰った獣人たちでは手も足も出ないようだった。

そんな少し変わった日々を数年。人間たちが、森に攻撃をしてきた。しかも、人間たちはリーガスを狙った。我を人間たちに従わせるための人質として。

リーガスと彼女の仲間は、森を守るために攻撃してきた人間と戦った。我もブレスで応戦したが、リーガスに威力を弱めて欲しいとお願いされた。強すぎる力は、狙われ続ける原因になるからと。面倒だったが、仕方ないとブレスの威力は最低限に弱めた。

最初はリーガスたちが森に詳しい分、有利に戦っていた。でも人間たちは数が多く、しつこい。リーガスたちは少しずつ疲弊し、ほんの少し隙が生まれた。その好機を人間たちは見逃さず、リーガスは大怪我を負う。

我は、人間たちの行動を面倒に感じてきていた。はるか昔から、人間たちは何度も何度も森を攻撃する。その度に薙ぎ払ってきたが、それが本当に面倒だったのだ。

しかもリーガスが「我を利用するために狙われて」大怪我を負う。リーガスの血を見た瞬間、全ての事がどうでもよくなった。まぁ、リーガスに怪我を負わせた者はすぐに灰にしたが。

我は、終わりを願った。ちょうど人間たちが攻撃しているので、あれで終わろうと。

しかし人間たちは弱かった。あまりの弱さに呆然。

これでは死ねないと、我は力を外に放出した。魔力が弱くなれば、人間たちの攻撃も効くだろうと。そして、眠っている間に全てが終わっている事を願い眠った。

『まさか死なずに、ずっと眠っていたとは思わなかった』

人間たちよ、弱すぎるだろう。あれほど、無防備に攻撃しやすいようにしてやったのに。

リーガスの墓に刻まれた文字を見る。

『目が覚めるのを待っていたのか？　悪かった』

そうだ、リーガスの望みを叶えよう。そうすれば、リーガスも喜んでくれるだろう。

『リーガスの望みは〈目覚めたら今度こそ幸せになってね〉だな』

幸せか。我はリーガスの望み通り、幸せになろう。…………あれ？

『幸せってなんだ？』

我の幸せは…………何も思い浮かばないな。リーガスは、何かを食べては「おいしい、幸せ」と言っていたな。つまり、おいしいものを食べればいいのか？

ガサガサガサ。

草をかき分ける音に視線を向けると、人間がいた。姿からしてオスだろう。森を攻撃していた者たちの仲間だろうか？　だが、敵意は感じないな。

「ドラゴン。あぁ、本当に存在したのか」

人間のオスの言葉に、首を傾げる。

「凄い。とても驚異的な力を感じる」

この者は、それなりに強いようだ。ある程度の力を持っていないと、相手の力量や魔力量は分からないからな。


―元冒険者　ガルガ視点―


目の前の存在に圧倒され、言葉が出ない。まさか物語の中でしか存在しないといわれていたドラゴンが、本当にこの世にいるなんて。

「ははっ、ここに来て正解だったな」

俺はメディート国に所属していた元冒険者。孤児だった俺は、生きるために冒険者になった。ある時、大量の魔物が暴走するスタンピードが起き、友人の住む町を守るために命を懸けて戦った。なんとか勝利をおさめ、町を守った時は本当に嬉しかった。そしてその功績が認められ、俺の名は勇者としてメディート国に広まった。

あの時はとても嬉しかった。それまでの苦労が報われたようで。

ただ、俺の事をよく思わない者たちに狙われる結果にもなってしまったが。今までは、なんとか奴等の張った罠を掻《か》い潜《くぐ》ってきたがとうとう冤罪《えんざい》で捕まった。冒険者仲間たちのお陰で助かったが、メディート国は俺を切った。「勇者の名を二度と語るな」と。今までメディート国のために、体を張ってきたというのに。

冒険者として、メディート国を守る事が虚《むな》しくなった。だから俺は、冒険者を辞めてメディート国から出た。仲間たちは止めてくれたが、あの虚しさはどうしようもなかった。

メディート国を出て、途方に暮れた。何をしたらいいのか、分からなかったから。今まで俺は、誰かに俺という存在を認められたいと頑張ってきた。親に捨てられた俺でも、皆の役に立つのだと。

でも俺は、国に捨てられた。

どこに行こうか。何をしようかと迷っている時、冒険者仲間から聞いた「ドラゴンの森にいる賢者」の話を思い出した。

本当に賢者がいるのか、分からない。でも、俺にとっては神からの啓示のように思えた。だから、ドラゴンの森に来た。まさかドラゴンの森に着いて二日後に、メディート国の騎士たちと戦う事になるとは思わなかったけどな。

少し前からメディート国では噂が流れていた。国王が、ドラゴンの森に攻めてくるのではないかと。だが、ドラゴンの森には獣人たちがいる。彼等は、ずっと森を守り続けてきた存在で、その力もかなりのもの。だから、俺たちの間ではただの噂話として片付けられていた。

ドラゴンの森に着いて二日後。空を沢山のワイバーンが飛び回っていた。すぐに、メディート国の中でも最強といわれているワイバーン部隊だと分かった。そして噂が本当だったという事も。

ドラゴンの森では、あちこちで戦闘が開始された。メディート国の地上部隊と獣人たちが戦っている中、空からワイバーン部隊が攻撃をする。仲間をも巻き込む攻撃に、メディート国に対して嫌悪感を覚えた。だから俺は獣人たちと共にメディート国の騎士たちと戦った。

だが、ワイバーン部隊の圧倒的な力に獣人たちはどんどん倒されていく。このままでは確実に負けるとなった時、地面が大きく揺れた。あまりの揺れに、戦っていた者たちは動きを止めた。

ワイバーン部隊はそれを好機と見たのか、空から一斉に攻撃を始めた。獣人たちもメディート国の騎士たちも多くの者が、死んだ。次の攻撃が来ると身構えた瞬間、地面が今まで以上に大きく揺れ地下から巨大な存在が姿を現した。

最初に見た時、それが何か分からなかった。本で見た事はあった。でもあれは、物語の中にいる生き物。だから、見た事があるはずなのに、それが何か頭が理解しなかった。

「ドラゴン様だ」

獣人たちの叫び声と歓声で、ようやくそれが何か理解した瞬間に空が真っ赤に染まった。

空にいたワイバーン部隊が一瞬で消えた事実に体が震えた。あれほど、圧倒的な力を見せつけていた者たちが一瞬で消えたその事実に。

ドラゴンの登場に、メディート国の騎士たちはあっけなく死んでいく。それを見ながら、苦笑してしまう。少し前まで彼等を仲間だと思っていた。でも今は、彼等が死んでいるのに何も感じない。あんがい、自分は冷たい人間だったのだと知った。

空を見上げると、三〇メートルを超える巨大なドラゴンが優雅に空を飛んでいた。

「綺麗だな」

太陽の光に反射する赤い鱗。尻尾の方は金色に色が変化しているようで美しい。

姿に見惚《みと》れていると、ドラゴンの視線の先が気になり自然と足が向かった。

「どこに向かっているんだ?」

ドラゴンを追うと、崖の上に降り立つのが見えた。俺は、ドラゴンが興味を持ったものが何か知りたくなった。だから、急いで崖を登りドラゴンの前に出た。

目の前にしたドラゴンは、あまりに強く美しくて。何よりドラゴンが持つ驚異的な力が、俺はまだまだ弱いのだと教えてくれた。


―ドラゴン　ルクス視点―

「こっちだ！　あぁ、まさかこの目でドラゴン様を見られるなんて」

人間のオスの後から、獣人たちがわらわらと集まってくる。それに少し戸惑うが、彼等からも敵意は感じない。

『誰だ？』

我の声に、獣人たちが盛り上がる。だが、言葉はやはり通じなかったのか答えはなかった。残念だ。

「ドラゴン様。眠りを妨げ申し訳ありません。これからも我々はあなた様に仕え、この森を何者からも守ります」

獣人たちの中で一番高齢だと思われる者が、先頭に立ち我に向かって両膝を地面につけ頭を下げる。後ろにいた獣人たちも同じように、両膝を地面につけ頭を下げた。

彼等の態度に、正直戸惑う。「森を守る」というのは、なんだろう？　我は、何かに守られてきたのか？

助けを求めるように、一人立っている人間のオスに視線を向ける。彼は、恍惚《こうこつ》とした表情で我と獣人たちを見ていた。そしてハッとした表情をすると、眉間に皺を寄せ振り返った。

「いたぞ」

静かな場所が無粋な声で騒がしくなる。

現れたのは敵意を持った人間たち。彼等は、獣人たちに向かって剣を振り下ろした。獣人が切られるかと思ったが、人間のオスが間に入り守る。

獣人たちはすぐに態勢を整え、人間たちと戦いだした。だが、人間たちの数が多いため獣人たちは押され始める。

静かだった場所がうるさくなり、イラっとした。その瞬間、体の奥がカッと熱くなる。だが、ブレスはダメだ。我を守ると言った者たちまで巻き込む。彼等には、聞きたい事があるので死なれては困る。

少し悩んでいると、沢山ある記憶の中に魔力操作を得意とする魔法使いの記憶が浮かんだ。その彼の記憶をもとに、人間たちに向かって炎の塊をぶつける。

剣を振り上げていた人間が一瞬で炎に包まれる。そしてその炎は、次々と人間たちに襲い掛かる。全ての人間が炎に包まれると、獣人たちから歓声があがった。

「炎が強い！　少し弱めてくれ！」

人間のオスが我の傍に来て叫ぶ。

『強い？』

今の攻撃もかなり弱めたが、まだ強いのか？　人間とは本当に弱い生き物だな。

しかし困った。沢山ある記憶を探っても、力を弱める方法がない。どの記憶も強くなるのに必死なものばかりだ。

『あぁ、一気に灰にしてしまえばいいのか』

そうすれば炎は消える。燃やすものがないからな。

炎を強め、人間を一気に燃やし尽くし灰にする。

「馬鹿か！　違う」

『馬鹿？』

人間のオスを見ると少し焦った表情をした。

「あっ、申し訳ありません」

人間のオスは頭を下げると、炎に向かって膨大な水を掛けた。

『なんだ、水を掛ければよかったのか』

ただ我は、水魔法は出来ないがな。

「はぁ、俺の魔力でぎりぎりだな。さすがにあれ以上の魔力が炎に籠《こも》っていたら俺の水でも消せなかった」

我の火を消したオスの人間に視線を向ける。属性の特徴が出る目と髪が赤い。つまり火属性。

それなのに、我の力が籠った火を水で消した。特徴はどこにも見当たらないが、水属性も持っているのだろう。

それにしてもこの人間、我に「馬鹿」と言ったな。我にその言葉を言ったのはリーガス以外では初めてだ。

この者は面白い。

そうだ、獣人ではなくこの人間のオスに「幸せ」とは何かを聞けばいいのでは？

「ドラゴン様」

あっ、獣人たちの事をすっかり忘れていたが、大丈夫だったのだろうか？

「ありがとうございます」

獣人たちが、我の前で地面に膝をつき深く頭を下げる。

「申し訳ありませんでした。ドラゴン様の手を煩《わずら》わせてしまい」

煩わす？　我が人間を攻撃した事か？

『別にかまわない。この森を人間が好き勝手するのは気に入らないからな』

我の言葉に、深く頭を下げる獣人たち。

「どうか、怒りをおおさめください」

『んっ？』

そういえば、ドラゴンの言葉を彼等は理解していなかったな。

リーガスともなかなか意思疎通が出来ず大変だった。森の中にある木や石を使って、意思疎通を図った事もあったな。

あぁ、そうか。この森にはリーガスとの思い出が沢山あるんだ。眠っている間に森はその姿を大きく変えているが、それでもこの森は我にとって大切な場所。だから、この森を攻撃している人間に対して、もの凄く苛立ちを感じたのか。

『森に人間を入れるのは、嫌だな』

リーガスの墓を見る。奴等はきっとこの場所も壊すだろう。

…………本当にイラつくな。

森へと視線を向ける。森のあちこちに人間がいる。

『邪魔だな』

ふわりと体内にある魔力が膨れ上がる。奴等を森から消さないと、リーガスの守った森が安全にならない。

「ドラゴン様？」

人間のオスに視線を向けると、真っ青な表情をして我に近づいてくる。

「魔力を少し抑えてください。周りに影響があります」

周りに影響？　獣人たちを見ると、ふるふると震えていた。それに首を傾げる。

攻撃もしていないのに、なぜだ？

「ドラゴン様の魔力は、とても多くそして強いです。それで本能で恐怖を感じてしまうのです。どうか魔力を抑えてください」

崖の下が騒がしくなる。見ると、人間がまた獣人を襲っている。

『あいつ等、また！』

崖の下にいる人間に向かって炎の塊を放つ。さっきは加減したが、もうしない。だって、

『奴等は、この森にはいらない！』

「えっ？」

獣人を襲っていた人間たちが一瞬で灰になる。

ふわっと体を浮かせると、上空へと上がる。ある程度の高さまで飛ぶと、森全体を見る。あちこちに点在する人間の気配。それと人間の集まっている場所が三ヵ所。

攻撃は、人間の集まっている場所からだな。

高速で移動して、人間が集まっている場所に向かってブレスを吐く。森の被害が少なくなるように、ブレスの威力は出来るだけ加減する。人間は弱いので、威力が弱いブレスでも問題なく消せる。

三ヵ所にいた人間の排除が終わると、次はあちこちに点在する人間を消していく。森の中を飛び回りながら、目に付く人間を消していく。

『多いな、次は？』

「待て！　これ以上は止めろ！」

森からほとんど人間の気配がなくなる頃に、崖の上にいた人間のオスが目の前に現れた。

「はぁはぁ、追いついた。もう止めてください。奴等は森から逃げようとしています。もう森は安全です。逃げる者を殺すのは卑怯者のする事だから、もう攻撃はしないでください」

『卑怯？』

「あっいや、ドラゴン様が眠っているところを不意打ちするのも卑怯だけど、戦意喪失した者は見逃してやって欲しい。上からの命令で無理矢理に戦わされている者もいるんです」

無理矢理に戦わされている者か。沢山ある記憶の中に、家族を人質に取られた者たちが命令を無視できずに戦わされていたものがある。まぁ命令を下したのは、我の力を持って生まれのちに魔王と呼ばれた者だが。

なんとなく気が逸れたのか、膨れ上がっていた魔力がおさまる。

「ありがとうございます」

「あっ」

我と人間のオスの傍に、人間が姿を見せた。

その者は、我の姿を見ると尻もちをつき目を見開き震えだす。

「おい、しっかりしろ」

人間のオスの言葉に人間がハッとした様子で彼を見る。

「あ、あなたは冒険者の」

冒険者？　だから人間のオスは、首や腕に傷があるのか。

「元だ。俺はメディート国を出た者だ。メディート国に帰れ、そしてドラゴン様の怒りで国が滅ぼされたくなければ大人しくしろと伝えろ。お前は貴族である程度の地位を持った者だから、上に進言が出来るだろう？」

人間のオスの言葉に、人間は胸元にあった何かを掴《つか》む。そして視線をさ迷わせた。

「俺はお前を殺すつもりはない。ドラゴン様も今のところ殺す事はしない。だから今のうちに帰れ。とっとと行け！」

人間のオスの言葉に人間は慌てた様子で立ち上がると、ふらふらと逃げていった。

「先ほどの者を見逃していただき、ありがとうございます」

人間のオスに視線を向ける。

この人間のオス、本当に面白いな。丁寧な話し方になったり、横暴な話し方になったり。少し話してみたいな。「幸せ」についても聞きたいし。

そうだ。人間と獣人が使う言葉を話せるようになればいいのでは？　あっ、ダメだ。我の喉では、彼等の使う言葉は複雑すぎて無理なんだった。

他には……人間のオスを見る。そうか、言葉を話せる者に変化すればいいんだ。我の場合は、獣人化でいいだろう。うん、やってみよう。

記憶の中に方法がないかな？

あっ、あった。簡単だな。魔法陣を使えばいいのか？　……魔法陣とはなんだ？　魔法を発動させる陣？　……記憶の中にある魔法陣を使えばいいか。

とりあえずやってみよう。記憶の中にある魔法陣に魔力を流す。

「なんだ？」

人間のオスの焦った声に視線を向けると、驚いた表情で我を見ていた。

おっ、我の体が光っている。魔法陣が発動したのか？

どさっ。

「んっ？」

体から力が抜けその場に座り込むと、森の木々が一気に大きくなった。

「あっ、違う。獣人になったから、木々が大きく見えるのか」

自分の体を見下ろす。

「おぉ、足がある！　腕も！　指だ！」

手を目の前まで近づけると、閉じて開いてを繰り返す。

「凄い。それぞれが動く」

初めての感覚に興奮する。

「なっ！」

目を見開き一歩後ろに後退する人間のオスに視線を向ける。

「あっ、いや、見てないです」

赤い顔で目をギュッとつぶる人間のオスに首を傾げる。

「すみません、少しこの場を離れます」

「それはダメだ！　お前には聞きたい事がある！」

慌てて立ち上がると人間のオスの腕を掴む。

「うわっ。服！　服を！」

「ふく？」

「あぁ、もう！」

人間のオスは自分が羽織《はお》っていたマントを脱ぐと我に掛ける。その行動の意味が分からず、首を傾げる。

「裸はダメです。マントで前を隠してください」

「なぜ隠す？　今まで隠して生活した事はないが」

「それは当然でしょう。ドラゴン体だったのですから、でも今は人ではなく獣人？　なんです」

「獣人に見えるか？」

魔法陣を上手く使いこなせたようだな。よかった。全身を見ようと両手を広げる。

「あ〜、マントで前を隠せ！　マントを広げるな！」

目の前で叫ぶ人間のオスに視線を向ける。我が獣人になってからこの人間のオスは、ずいぶんと騒がしくなったたな。

あれ？

「言葉！　お前、我の言葉が理解できているか？」

「はい、分かるから、マントで前を押さえて、腕を広げるな」

「細かい事は気にするな」

「気にするから！　あ〜言っているのに！　しっかりと前を押さえて！」

おかしいな。この数分で、目の前の人間のオスがずいぶんと疲れていく。あっ、溜め息まで。

「疲れているのか？」

人間が襲ってきて大変だったみたいだからな。

「誰のせいだと？」

そんな事を我が、知るわけがないだろうに。

「知らん」

「…………さっきの感動を返してくれ」

大きな溜め息を吐く人間のオスを見ていると、我に掛けたマントの前を閉じ小さな何かで留めた。

「動きにくいが」

「服を用意するまで、我慢してください」

「別に服など――」

「獣人が素っ裸で歩くなんて恥ずかしい事なんです。ドラゴン様には分からないようですが、周りに迷惑が掛かるのでダメなんです」

ずいぶんと力強く言うんだな。普通に言っても、聞こえるんだけど。

「そうか」

「そうです」

獣人には獣人のルールがあるのは知っている。服もその一つなのかもな。

「分かった」

「分かっていただけてよかったです」

「服か」

人間のオスが着ている服を見る。

「窮屈そうだな」

「そうでもないですよ。体に合った服を着ますし、伸び縮みしますので」

なるほど。でも着たくないな。

「我も着なくてはダメか？」

「そのお姿の時は絶対に」

ずいぶんと力強く言われてしまった。だが、まぁルールには従った方がいいか。

「分かった」

我の言葉に安堵の表情を見せるオスの人間は、持っていたバッグから布を取りだすと、我に差し出した。

「これを着てくれ。下着は……後で用意する」

下着？　よく分からないがこれが服か。マントを脱ぐと、オスの人間が背を向ける。

「どうした？」

「なんでもない、着たか？」

オスの人間から受け取った服というものを広げる。二個ある。

「どう着るんだ？」

「あぁ、そうだよな。分かるわけがないよな。……よしっ」

オスの人間は、我が持っている服を掴むと、頭にかぶせた。そして腕とか、足とか指示が聞こえたので動かす。

「これでいいぞ」

オスの人間は我の全身を見ると、満足気に頷《うなず》く。

「面白いオスの人間だな」

「オスの人間って……。私はガルガ。メディート国の元冒険者です。まぁ、国を出てきたので今はどの国にも属していませんが」

「オス……ガルガか」

リーガスは、名は大切なものだと言っていた。

「我はドラゴンのルクスだ」

「ルクス様ですね」

ガルガは何度か我の名を小さく呟《つぶや》くと頷いた。

「どうにも話し方に違和感があるな。気軽に話していいぞ。今の話し方は慣れていないのだろう？」

話していると、ときどき出る話し方の方がガルガの本来の話し方だろう。

「いや、それだとかなり馴れ馴れしい話し方になるが……いいのか？」

我の様子を窺《うかが》うように見るガルガに頷く。やはりこの人間は面白い。

「よかった。気を付けて話していても、どこかおかしかったから」

そうなのか？　それは気付かなかったな。

「あっ！　それよりルクス、様に言いたい事がある！」

「様も付けなくていいぞ」

今、付け忘れて慌てただろう？

「助かる。ルクス、力を加減しないと。あれでは、人間たちに恐怖を与えてしまう」

「それの何が悪いんだ？」

「人間は、自分たちに害があると思うと、どんな手を使っても排除しにかかる。そうなると、とても厄介だ。このドラゴンの森を焼き払おうとする可能性だってある」

「人間にとって害か」

人間は我が眠りにつく前から獣人を目の敵にしていた。あれも自分たちを害する存在だと思っていたからか？　だから、何度も何度もリーガスを殺そうとしたのか？

「我にとっては『人間こそが害』だな」

今思えば、あの時眠らずに人間を根絶やしにすればよかったのかもしれない。

「今からでも、人間の国を排除するか」

そうすれば、この森を焼かれる事もないだろう。うん、とてもいいかもしれない。

「待て！　待ってくれ」

「なんだ？　人間たちと同じ事をしようと思っただけだ。人間たちに許されるのなら、我にだって許される行為だろう？　人間たちだけに許される行為など、この世界にはないのだから」

「人間たちの中にも、メディート国の上層部の考えに反対している者たちがいるんだ。全ての人間が敵ではない。だから国を排除するのは止めてくれ」

そういえば、リーガスの周りにいた獣人たちも一つには纏《まと》まっていなかったな。皆が皆、違う意見を持ち時にはその考えが衝突する事もあった。

「確かに、人間にもいろいろな考えを持つ者がいてもおかしくないか」

「あぁ、そうなんだ。ドラゴンに好意的な人間もいる………はず？」

ガルガを見ると、少し困った表情をしていた。それをジッと見つめると、

「いや、その、メディート国ではドラゴンというのは、物語の中に出てくる存在なんだ。まさか実際にいるとはほとんどの者が思っていない。だから好意的に見る者がいるかどうかが、ちょっと分からないんだ」

「そうか」

言わなければ分からないのに、正直な奴だな。リーガスに、似ているな。彼女も、正直だった。…………もの凄く頑固な面もあったが。

「あぁ、そうだ。聞きたい事があったんだ」

「なんだ？　俺に答えられる事ならいいが」

「幸せには、どうしたらなれる？」

「…………んっ？」

困惑した表情のガルガは、少し考えた後に首を傾げた。

伝わらなかったのかな？　少し言い方を変えてみるか。

「幸せになるには、我は何をしたらいい？　我は幸せになりたいんだが」

「えっと…………ルクスは幸せになりたい。…………幸せか」

―元冒険者　ガルガ視点―

目の前にいたドラゴンが急に小さくなったと思ったら、女性がいた。一瞬何が起こったのか分からなかったが、首にあった鱗でその女性がドラゴンだと気付いた。同時に裸だという事も理解してしまった。

さすがに焦った。堂々としているのだから、見ていいものなのか？　いや、ダメだろう。話すとドラゴンだったからなのか、服というものを分かっていなかった。

なんとかルクスに、服の重要性を理解してもらうと本来の話し方でいいと言われ、気が緩んでいた。まさか「幸せ」について聞かれるとは。

ルクスを見るが、揶揄《からか》っている様子はない。彼女は本気で幸せについて聞いている。でも俺は、ルクスの質問に答えられそうにない。

「悪い、その質問の答えを俺は持っていない」

俺の言葉に、ルクスはジッと俺を見つめる。嘘を言っていると思われているのだろうか？

「本当に知らないんだ」

メディート国で冒険者をしている頃は、多くの者たちを助けた事で「勇者」と呼ばれた。国にも認められ、幸せだと思った。親に捨てられた俺が、皆に認められる存在になったのだと。


でもその幸せは、一瞬でなくなった。

俺に罪を着せたのは、仲間の一人だった。俺は、奴の実力を認めていたのに。彼こそ、次の勇者になる存在だと。そんな信じた仲間に、俺は裏切られた。

罠に嵌《は》めたのが誰なのか分かった時、俺は衝撃を受けた。他の仲間が俺の冤罪を晴らしてくれたが、やるせない思いは消えず。そんな状態の俺に届いたのは、国からの「勇者としては不適格、国を欺いた可能性あり。よって二度と勇者を語るな」という通達だった。

幸せだった俺の世界は、一瞬で崩れ去った。

「ガルガ、大丈夫か？」

過去を思い出し、険しい表情でもしていたのか？

「大丈夫。少し過去を思い出しただけだ」

「過去？」

「あぁ……仲間だと思っていた者に裏切られて、幸せを失ったんだ」

「幸せを失った？」

「あぁ」

ルクスに何を話しているんだ？　幸せが何か知らないドラゴンに話したところで、俺の気持ちが伝わる事はないのに。

「悲しいな」

無表情で言うルクスに首を傾げる。

「分かるのか？」

表情からはまったく分からないんだが。

「我には分からん。でも、記憶の中にいる者が幸せを返せと泣いている。つまり幸せを失うのは、悲しい事なのだろう？　まぁ、記憶の中の者は泣くだけでなく、原因を刺し殺して笑っているが」

「えっ？　記憶の中の者？　んっ？　誰の事だ？　というか、刺し殺す？」

記憶という事はドラゴンであるルクスの記憶だよな？　つまりルクスは幸せを知っている？　いや、知らないから俺に聞いたんだよな？　……ダメだ、頭がこんがらがってきた。それに刺し殺して笑っているって……不気味すぎるだろう。

「我の力を得て、生き延びた者だ」

ルクスの力で生き延びたという事は、

「ルクスとは別人？」

「そうだ。その者が死んで力が我に返ってきたんだが、どうやら記憶も持ってきてしまったようだ」

「そうなのか」

力の譲渡をした者が死んで、力が戻ってきた。その力に、力が宿っていた者の記憶があったという事だな。

力を他の者に譲渡？　ドラゴンはそんな能力を持っているのか。物語で読んだドラゴンより、凄い事が出来るのだな。

「幸せを失ったという事は、幸せを持っていたんだよな？　その幸せは何をして得られたんだ？」

「幸せを持っていたというか、幸せだった時があるという事なんだが。俺の幸せは国に認められた事……なのか？」

俺の幸せは、メディート国の上層部《あんな奴等》に認められる事だったのか？

「ガルガ？」

「頑張った事が認められて幸せだと思った。でも、あの幸せは俺が思っていたより、価値がなかったようだ」

俺の言葉に、少し首を傾げるルクス。

「幸せに価値？」

混乱している様子のルクスに、ちょっと笑ってしまう。最強の力を持つドラゴンが、「幸せ」を知ろうとして混乱している。まぁ、表情は変わっていないから「たぶん」が付くが。

「ふむ。ガルガの言っている事は、よく分からんな。それにしてもお前は、短い人生なのにいろいろと経験しているんだな」

短い人生？　あぁ、ドラゴンに比べたら人の人生など短いだろうな。

「ルクスは、どれくらい生きているんだ？」

「さぁ？　覚えていないな。子供の頃――」

「子供の頃があったのか！」

ルクスが俺を見る。その真っすぐな目に、そっと視線を逸らす。

「悪い。あるよな。うん。ドラゴンにだって子供時代はあるんだ」

真っすぐ俺を見るルクスにちょっとたじろぐ。

ルクスの瞳は不思議だ。赤みがかった金色の瞳に真っすぐ見られると、なぜか逃げだしたくなる。別に魔力で圧を掛けられたわけでも、武器を手にしているわけでもないのに。

「すまない、ルクスの子供時代が想像できなかったんだ」

「そうか。ずっとずっと昔の事だから、我もあまり覚えていないな」

今のルクスの姿は二四歳ぐらいか？　でも実際は、俺たちからは想像も出来ない時間を生きているんだよな。

「不思議だな」

「不思議？」

「あぁ、長く生きるとはどういう感覚なんだ？」

人でも、魔力が強いと長生きだ。それでも、二百年ぐらいだったはずだ。ドラゴンからしたら、二百年などあっという間なのだろうな。

「つまらない」

「えっ？　つまらない？」

「あぁ、全てがつまらなくなる。でも、リーガスがいた時は違ったな」

リーガス？

「ガルガは、リーガスに似ている」

俺がリーガスに似ている？　んっ？　リーガスは人なのか？

「リーガスさんは、何者なんだ？」

「我の……………友だった獣人だ」

ルクスの友。つまりドラゴンの友か。

「俺が？　ルクスの友に似ているのか？」

「あぁ。彼女は面白い存在だった」

つまり、俺は面白い存在という事か？　どこがだ？

「リーガスは、食べる度に幸せだと言っていた。ガルガはどうだ？」

「まぁ、うまいものを食う時は幸せかな」

「なんだ。ガルガもリーガスと同じで、食べれば幸せになれるんじゃないか」

確かにそうだけど、ルクスの求める幸せはそれでいいのか？

「ルクスは、なぜ幸せになりたいんだ？」

「リーガスが求めたからだ」

ルクスの言葉の意味が分からず、首を傾げる。

「リーガスの墓に『幸せになってね』と書いてあった。だから、我はリーガスの願いを叶えたい。だから幸せにならなければならないんだ」

「あぁ、それは………」


―ドラゴン　ルクス視点―


我の言葉を聞き、眉間に深い皺を作ったガルガ。しばらくその状態で、ぶつぶつ言っている。耳を澄ませると「説明をどうすれば？」とか「俺には無理だ」など、少し困った様子だ。

幸せになる方法を聞いただけなんだけど、難しい事なのか？　でもリーガスは、とても簡単に幸せになっていた。そういえば、何かを食べた時以外にも………あぁ、花が綺麗に咲いているのを見た時も「こんな時間を過ごせて幸せだ」と言っていたな。他にも、「のんびり出来るのは、なんて幸せなんだ」とも言っていた時がある。

リーガスは、幸せを多く持っていたんだな。それに比べてガルガは、幸せを失ったという。多く持っている者と失う者。幸せとは、掴みどころがないものだな。

「ルクス」

ガルガを見ると、とても神妙な表情をしていた。

「どうした？」

「幸せなんだが」

「あぁ」

「人それぞれ幸せを感じる時は違うんだ。だから、幸せになりたいならルクスはいろいろな事を経験して自分の幸せを探すしかないと思う」

「幸せを探す？　我は幸せになったら、もう一度眠りにつくつもりだったんだが」

「ルクスにとって、眠る事は幸せな事なのか？　それなら眠りについてもいいと思うが」

眠る事が幸せ？

「暇だし、つまらないから眠るだけだ。それ以外の感情はない」

「それだと眠りにつくのは薦められないな」

「そうか。幸せになるのは難しいのか？」

リーガスを思い出す限り、とても簡単そうなんだけど。

「何かを食べるだけではダメなんだな」

リーガスと同じ事をすればいいと思ったんだけど、どうも違うようだ。難しいな。

「リーガスさんという獣人は、小さな幸せを見つけるのが上手かったみたいだな」

「小さな幸せ？」

「あぁ、日々の中のちょっとした幸せ。気持ちが落ち着いたり、ホッとした瞬間に幸せを感じる事が出来る者だ。俺は………俺にもあったな。仲間たちと共に強い魔物を倒した時や、誰かを守った時。そんな時は、幸せだったと思う。だが、俺にそれを感じられる余裕がなかったから、その時はその幸せに気付かなかったが」

幸せだったのに気付けなかった？

「日常の中にある幸せは、ちょっとした事が多いから気付かない者も多い。後で、あの時は幸せだったなと気付くんだ。でもそれに気付く時は、幸せではない時が多いかもしれないな」

ガルガの話を聞けば聞くほど、分からなくなる。つまり幸せとは、傍にあるのか？　それとも探さなければ見つけられないのか？

「我の幸せは、身近にありそうか？」

ガルガが首を横に振る。

「それを知るのは、俺ではなくルクスだけだ」

「我が？」

「そう。俺の幸せとルクスの幸せは違う。ルクスの友のリーガスさんとルクスの幸せも違うんだ」

「そうか」

確かにそうだな。我は、リーガスのように食べても幸せは感じないのだからな。

我の幸せか。

バサバサという音が聞こえ、上空を見る。

「ワイバーン騎士団だ」

「目障りだな」

「えっ！　あっ、ルクス待て――」

上空を飛ぶものに向かってブレスを吐く。獣人の姿なので、ドラゴンの時より威力が弱いようだ。

「ルクス！　加減しろって！　どうして一瞬で消滅するほどの威力で攻撃するんだ！」

ガルガの言葉に、上空の黒い煙を見る。その黒い煙は、ブレスの威力が弱かったために残った残骸。一瞬で跡形もなく消す事は出来なかった証拠だ。

「獣人の姿だから、ドラゴンの時よりかなり威力は弱かったんだが」

ドラゴンのブレスだったら、何も残さない。

「今ので弱かったのか？」

「あぁ」

我の言葉に呆然と空を見るガルガ。

「あれで弱いのか…………」

ガルガは少し考え込むと、ルクスに視線を向けた。

「さすがドラゴンと言いたいが、あれの半分ほどの威力にする事は出来ないか？」

「半分？　無理だな」

「無理か」

「あぁ、方法を知らない。そもそも、攻撃を弱める方法など、記憶にない」

我の言葉に、また考え込むガルガ。

「放出する魔力を少しにすればいいのでは？」

ガルガの言葉に、首を傾げる。

「なぜ？」

「なぜって、ブレスの力を弱めるためだ」

「ふむ」

放出する魔力？

「調整をした事がない」

「…………」

あっ、ガルガが溜め息を吐いた。

「普通は調整をするのか？」

「あぁ、そうしないと魔力切れを起こして命に関わるからな」

「魔力切れ？　人間はそんな心配をしないとダメなのか？」

「ルクスの魔力は…………膨大だな。でも、ずっと使い続ければなくなるだろう？」

ガルガの言葉に首を横に振る。

「いいや、なくならない。使った分はすぐに補充されるからな。ドラゴンコアにはそれだけの力がある」

我の言葉に目を大きくするガルガ。

「それは、凄いな。あっ、ルクス。ドラゴンコアの力について、無暗《むやみ》に話さない方がいい。狙われるぞ」

「分かった」

我を狙った者は殺せばいい。だが、周りが騒がしくなるのは面倒だ。

んっ？　崖の上にある墓の前で会った獣人たちが、少し困惑した表情で目の前まで来た。

「ドラゴン様ですか？」

「この魔力。ドラゴン様ではないですか？」

「そうだが」

どうして、そんな確認をするんだ？

あっ、そうか。魔法で獣人に変化しているんだった。

「あぁ、よかった。見つけた」

獣人の一人が我の前に出てきて、頭を下げる。墓の前でされたように膝をついて頭を下げられるより、こっちの方が気楽でいいな。

「我に用事でもあるのか？」

「確認したい事がございます」

「なんだ？」

「ドラゴン様が、これからどうなさるのか教えてくださいませんか？」

我の今後？

「ここにいるガルガと幸せを見つける事にした」

「そうでし――」

「俺と？」

驚いた表情をするガルガが不思議そうに視線を向ける。

「あぁ、ガルガが言ったんだぞ。『いろいろな事を経験して自分の幸せを探すしかない』と」

「言った。確かに言ったが、一人で…………待て。俺が断ったらルクスは一人で幸せを探すのか？　攻撃の威力が異常に強いルクスが一人で？　まったく迷いなく力を振るうルクスだ。これからもいろいろと…………」

ぶつぶつと言い出すガルガを見ると、なぜか顔色がどんどん悪くなっていく。

「どうした」

「ルクスを一人にするのは危険だ。見張り役がいる」

見張り役？

「ガルガが我を見張るのか？」

「あぁ、俺が見張り役だ。ルクスがさっきみたいに攻撃したら体を張って…………いや、無理。体を張るのは無理だから…………説得する」

自分で言った事を、すぐに無理だと言って頭を振るガルガ。その様子が面白い。

「あの、少しいいですか？」

獣人たちが困った様子で視線を向ける。

「なんだ？」

「えっと、ドラゴン様の目覚めのお祝いをしたいのですが、参加していただけますか？　人が森を襲い被害が出たので、盛大なお祝いは出来ませんが」

お祝いか。リーガスが、我の誕生した日を祝いたいと騒いでいたな。生まれた日など知らないと言ったら、リーガスは出会った日が生まれた日だと勝手に宣言した。

あれ？　我の誕生した日の祝いはどうなったんだった？

…………思い出せないな。という事は、生まれた日が来る前に眠りについたのかもな。

「リーガスが楽しみにしていたのに」

ツキッ。

んっ？　また胸が、微かに痛んだ？

「ドラゴン様？　参加は無理でしょうか？」

心配そうにこちらを窺う獣人たちに視線を向ける。

「大丈夫、ガルガと一緒に参加するよ」

「んっ？　俺も？」

「分かりました。ドラゴン様、ガルガ様。準備が出来ましたらお呼びしますので、もう少しお待ちください」

嬉しそうに笑う獣人たちに、ガルガが口を閉ざす。

「分かった」

我の言葉に、獣人たちが嬉しそうに頷くと準備をしに行った。

「ルクス」

ガルガを見ると、真剣な表情をしている。

「なんだ？」

「俺の事を勝手に決めるな」

「んっ？　ダメなのか？」

「あぁ、ダメだ。とりあえず俺が関わるなら一言言ってくれ」

「分かった」

いちいち面倒だが、ガルガが言うならそうするか。あぁ、そういえば、リーガスも勝手に決めたと怒った事があったな。気を付けておこう。

「ルクス。幸せを見つけるため一緒に旅に出よう」

んっ？　旅に出ないと幸せは見つけられないのか？

「旅に出ると幸せは見つかるのか？」

「それは分からない」

「分からない？」

「あぁ、ルクスの幸せがなんなのか分からないからな。だから、いろいろと経験しよう。そうすればきっと、ルクスだけの幸せが見つかるはずだ。ついでに、俺の幸せも」

ガルガの幸せ？

「ガルガも探しているのか？」

「あぁ。なくしたから。また、見つけないと」

ガルガの言葉を考えるが、やはり「幸せ」というものがよく分からない。でも、彼と一緒に旅をすれば見つけられるかもしれないらしい。リーガスの願いは叶えたい。それならば、

「よしっ。旅に出よう。いつ出る？　すぐ出るのか？」

「準備が必要だから今すぐは無理だ。それに、今日の夜はルクスの目覚めを祝うと言っていただろう？」

祝い？

「あぁ言っていたな。忘れていた。それなら明日…………準備？　必要なものなどあるのか？　空を飛べばどこにでも行けるのに」

「さっきの話を忘れてやるなよ。それと空を飛ぶのはダメだ」

「なぜ？」

「空を飛べばどこにでも行けるが、ルクスにはいろいろと経験させると言っただろう」

「あぁ、言っていたな」

「空を飛んでしまうと、旅の道中でいろいろな経験が出来なくなる」

「降り立った場所で経験をすればいいのでは？」

「それもいいが、旅の道中で出会う者たちとの経験は大切だ。それに協力して魔物と戦う事もいい経験になる…………んっ？　なぁ、もしかしてルクスの魔力を感じたら魔物は近づいてこないのか？」

「あぁ、近づかないな。それどころか、我の魔力を少しでも感じたら、即行で逃げていくぞ」

「つまり、魔物討伐の経験は無理と。戦いの中で得られる経験もあるんだが」

「戦いの中の経験？　我の攻撃で、敵は一瞬で消え去る。そこから何を経験するんだ？」

「あぁ、そうだ。ブレス攻撃は一瞬で決着がつくんだった。ルクス。お前はとりあえず力加減を覚えてくれ」

「力加減が、そんなに重要か？」

別に問題があるように感じないんだが。

「人や魔物の倒され方でルクスの居場所がバレる。メディート国は森の侵略を諦めていないはずだ。あそこの王族は面倒な性格をしているからな。まぁ、そこに属していた俺が言うのもあれだが」

「つまり、また森を攻撃しに来ると思っているのか？」

「あぁ、来るだろう。そして最初に狙うのはルクスだ。ルクスを倒せば森を手に入れられると考えるだろうから」

「ん～、…………やはりメディート国を――」

「待て。それは止めてくれ。メディート国には、お世話になった人もいるから」

ガルガが世話になった者か。それなら、滅ぼすのはダメか。

「力加減か。だが、魔力を弱める方法など我は知らん。記憶の中にもない」

どうしたらいいのだ？

「まぁ普通は、自分の力を弱めようなどと思わないだろうからな」

「そうなんだよ。魔法師も魔王も魔術師も聖女も天使も誰もが、自分の持っている力の強化しかしていない」

「そう…………か？　はっ？　魔法師？　魔王？　えっ、天使？　待て。ルクスはいったい誰に力を与えたんだ？」

「我が個別に与えたのではない。昔、人間が攻撃してきた時、何もかもが面倒になり死んでもいいと思った。だが、自分で死ぬのも面倒で人間に殺されてやろうと思ったんだ。奴等もそれで満足するだろうと思ったし。まぁ、とりあえず、全てが面倒だったんだ。だが、人間は弱すぎた。奴等の攻撃がまったく効かない。だから魔力をほとんど放出して防御力をなくしてから眠ったんだ。これだったら奴等の攻撃も効くだろうと」

「面倒って…………そんな事で、死のうと思ったのか？」

「あぁ。長く生きすぎて、生きる事に飽きたのもあるな」

「飽きたか。あっ、それで魔力を放出してどうなったんだ？」

「記憶によると、我の力はこの星以外の場所に飛ばされ、死にそうになっていた者に寿命と力を与えたみたいだ。力と寿命を与えられた者たちは、それぞれの道を究めた者もいれば、力に振り回されて暴走した者などさまざまみたいだがな」

「その中に、魔王とか天使がいるのか」

ガルガの言葉に頷くと、彼はなぜか頭を抱えた。

「ルクスの力はそんなに凄いのか」

「筆頭魔術師や、大聖女とかもいるぞ。あと、大悪魔とか怪人などと呼ばれた者もいるようだ」

「善と悪が入り乱れているな」

善と悪？　なんだそれは？

「彼等はそれぞれ経験を積み、そして寿命を迎え死んだ。我が死んでいれば、彼等の力は星に吸収されたが我が生きていたため戻ってきた。ここまでが、戻ってきた魔力から分かった事だ。彼等の記憶を持って、魔力が戻ってきた原因は不明だ」

「あのさ、ルクスはその…………魔王の記憶を忌避《きひ》する事はないのか？」

「なぜ？　魔王の記憶を嫌う必要があるんだ？」

我の言葉にガルガが神妙な表情をする。

「俺が認識している魔王とは違うのか？　もしかしてルクスの記憶の中にいる魔王は、優しいとか？」

「いや、優しくはないだろう。魔王は複数いるが、どの魔王もかなり恐れられている。中には楽しそうに命を狩っている者もいる。星を崩壊させて、全ての命を消滅させた魔王も」

「魔王が複数！　しかも星を崩壊？　その記憶にも嫌悪感はないのか？」

「ないな」

「どうして？　多くの者を殺しているのに」

不思議そうに我を見るガルガ。彼が不思議に思っている事がなんなのかが分からない。

「ガルガだって多くの命を奪っているではないか？　それなのになぜ、魔王だとそんな反応をするんだ？」

「多くの命？」

「冒険者は魔物を狩る存在。ガルガだって魔物の命を沢山奪ってきたんだろう？」

自分は良くて魔王がダメなんて、変だろう。

「人の住む場所に魔物が出てきたから狩ったんだ。それに奴等は魔物だから」

「人間の住む場所とガルガは言ったが、その場所はかつて魔物たちの住処《すみか》があった場所かもしれないぞ。人間は少しずつ住む場所を広げているからな」

「それは…………」

少し戸惑った表情になるガルガ。

知らなかったのか？　人間は昔から少しずつ少しずつ住処を広げている。きっと今も変わらないだろう。

「それと我にとって命に区別はない。人間も魔物も命は命だ」

「えっ、そうなのか？」

微かに目を見開くガルガ。

「なぜ驚く？　命は命だろう？　見た目が違っても命に違いはない」

「そう言われると、そうなんだが…………」

複雑そうな表情で頷くガルガ。

「ルクスと話していると、当たり前だと思っていた事が本当にそうなのか分からなくなる」

我は、ガルガが何に悩んでいるのかが分からないけどな。

「ガルガはいろいろと難しく考えすぎだ」

「えっ？」

どうして、そんな驚いた表情をするんだ？

「我にとって、敵かそれ以外だ。うるさくするのも我にとって敵。だから消す。それ以外は我にとって害がないから放置。それが全てだ」

「ははっ。ルクスは単純でいいな。俺は…………。俺も単純に考えてみるか」

ガルガを見ると、少しだけすっきりした表情で我を見た。

「魔王の事は、魔王が復活してから考えるよ」

ガルガの言葉に首を傾げる。

「魔王の復活？　この星に魔王はいないぞ」

「えっ？　魔王がいない？　メディート国では、魔王を封じた勇者が有名なんだけど」

我が眠りにつく前には、魔王という存在はいなかった。

「我が眠っている間に生まれてたのか？　だが記憶の中の魔王と同じなら、彼等は独特の魔力を持っているから気付くはずだ。この星に、魔王に似た魔力は感じない。だからいないだろう」

「そうなのか。それは残念だな。冒険者の多くは、魔王を倒して勇者になる事を夢見ているのに」

「魔王を倒すと言っているが、絶対に無理だぞ。魔王の魔力はガルガの数十倍だ。ガルガと同じ強さの者が数十人集まっても倒せないだろう」

「えっ。そんなに強いのか？」

「記憶の中にいる魔王たちは、強い。我と比べると弱いが、人間よりははるかに強い」

ガルガがショックを受けた様子で項垂《うなだ》れる。

そんなに魔王を倒したかったのか？

「メディート国で語り継がれている勇者の話は嘘だったのか。冒険者たちが強さを求める原動力でもあるんだけど」

「どんな話なんだ？」

「『メディート国を襲った魔王を、勇敢な冒険者が封印して平和を取り戻した』という話が有名だな」

「倒したのではなく封印したのか？」

「想像以上に魔王が強く討伐は出来なかったそうだ。そこで封印したと聞いている。いずれ魔王は復活する。だから『冒険者たちはその時に備えよ』と、冒険者になった時に教えられるんだ。まぁ、この世界に魔王がいないなら備える必要なんてなかったんだけど」

この星ではないが、我の力を得た魔王の中にも封じられた者がいるな。封じられた魔王の中で、我の力が暴走して魔王は死んだみたいだが。その星の者たちは、死んだ事を知らないため復活を恐れていたようだ。「その時に備えよ」か。あの星の者たちも魔王が死んだ事に気付かず、今も復活を恐れているのだろうか？　まぁ、我が知った事ではないが。

『勇者と魔法』の話は、冒険者たちのやる気を引き出すための嘘なんだろうか？　魔王を討伐したら、かなりの褒章《ほうしょう》が貰えるとも聞いたんだが」

「さぁ？　人間の考える事は分からない」

ガルガが我の言葉に小さく笑った。

「ルクス」

「どうした？」

「旅をするにあたってルールを決めよう」

「ルール？」

ガルガが真剣な表情で我を見て頷く。

「そうだ、一緒に行動するにあたってルールというのはとても重要だ。例えば、料理を作る順番を決めたり。ルクス、…………料理を作った経験は？」

「ない」

「そうだと思った。あれっ？　ルクスは何を食べるんだ？」

「大気にある魔力を吸収しているので、食事は必要としない」

「そうなのか？　ドラゴンって本当に凄い存在なんだな。あっ、という事は、人や獣人が作ったものは食べられないのか？」

「いや、食べれるぞ。リーガスが作ったものを食べた事がある。ただ彼女は壊滅的に料理が下手だったらしい。仲間から、料理は絶対に作るなと言われていた」

「壊滅的に下手？」

ガルガの不思議そうな表情に頷く。

「リーガスの料理を完食できたのは我だけだ。他の者は一口食べただけで、どこかに走っていった。そして二度と口にしなかったからな」

「それは…………。ルクスは食べ切れたのか？」

「あぁ、かなり刺激的な辛みとえぐみだったが、特に問題はなかったな」

「辛みとえぐみか。まさか、それをおいしいと感じたのか？」

「んっ？　おいしいとは感じなかったが。というか、おいしいと感じた事が今までに一度もない」

「…………」

「どうした？」

微妙な表情のガルガに声を掛けると、なんとも言えない表情をされた。なんなんだ？

「ドラゴンって強いが、それ以外は……何も持っていないんだな」

「そうか？」

「あぁ。俺にはそう見える」

ガルガがそう言うなら、そうなのかもな。ただ、何を持っていないのか分からないが。

「あれっ、何を話し合っていたっけ？」

「ルールだろう？」

我の言葉にハッとした表情をするガルガ。彼は思ったようりうっかりした性格のようだ。見た目は冒険者をしていただけあって厳《いか》ついのに、うっかりな性格とは。面白いな。

「料理は俺が作る。一人で食べるのは味気ないから、食べられるなら一緒に食べよう。あとは、夜の見張り役なんだが。ルクスが一緒だと魔物は来ないんだよな。でも、魔物や魔獣だけが脅威なわけではなく、人や獣人も警戒する必要がある。となると、夜の見張り役は順番でやろう」

「我に眠りは必要ない。それに結界を張れば問題ないだろう」

「結界まで張れるのか？」

「それほど難しくないぞ」

「いや、難しいからな」

そうか？　ただ単に、攻撃を弾く結界だろう？　いろいろ付与するなら、少し面倒だけど難しいと思うほどではないけどな。

「ルクスと一緒だとルール決めが難しいな」

「そうか？」

「あぁ、旅をして困った事が起こったらその時に決めよう」

「分かった」

「準備が出来たようだな」

ガルガの視線を追うと、二人の獣人がこちらに来るのが見えた。先ほど、祝いに参加して欲しいと言ってきた獣人がいる。

「お待たせしました。席に案内します」

獣人たちの後に続くと、多くの獣人が集まる場所に案内された。周りより数段高い位置にある椅子に薦められ座る。ガルガは獣人たちと同じ場所のようだ。

「ドラゴン様」

崖の上で我に話しかけてきた獣人が前に出てきた。

「永い眠りからの目覚め、おめでとうございます。そして森に侵略してきた者たちを排除していただき、ありがとうございます。簡単ではありますが、この場を設けさせていただきました。沢山食べ、飲んでこの夜をお楽しみください」

獣人たちが期待を込めた視線で我を見る。この視線の意味は分からないが、どうすればいいのかは知っている。リーガスがやっていたようにやればいいだろう。

目の前にあるコップを持ち、獣人たちを見る。

「この場を設けていただき感謝する。森に平和を、乾杯」

「「「「乾杯」」」」

獣人たちが嬉しそうに笑うと、コップに入ったものを次々と飲み干していく。

上手くいったようだ。リーガスが何度か、この挨拶を宴でしていたな。そういえばあの宴も、森に侵略してきた者たちを追い払った後だったな。

手の中のコップを見る。並々と入っている…………赤い液体。

「なんだこれ」

リーガスがよく飲んでいたのを見た。そういえばどうしてあの時は一緒に飲まなかったんだ？　あぁ、あの時の我はドラゴンだったからだな。

コップを口に近づける。

「ルクス、待て」

慌てた様子で傍に来たガルガを見る。

「なんだ？」

「酒を飲んだ事はあるのか？」

「酒？　あぁ、これの事か。ないな」

「だったら一気に飲むなよ。ルクスが酔ったら、恐ろしい事になりそうだ」

酔う？　あぁ、リーガスがよく陥っていた症状か。泣いたり、笑ったり、絡んできたり。酷《ひど》い時は地面にダイブしたり、川に落下したり、騒がしかったな。

「我が酔う事はない。だから大丈夫だ」

「飲んだ事はないんだろう？　どうして分かるんだ？」

ガルガが不思議そうに聞くが、どうして分からないんだ？

「ドラゴンの身に状態異常は起きない。だから、酔う事はない」

毒も呪いも、我には効かないからな。酒も同じだろう。

「酔わないというより酔えないだな、それは」

「酔うと、良い事があるのか？」

我の言葉にガルガが考え込む。

「楽しい気持ちになったりするから、ある。ただ、酔いすぎると悪い方に転ぶ事もある」

「んっ？」

悪い方に転ぶ？

「記憶が飛んで、その間にいろいろとやらかしていたり。なぜか血まみれだったり」

記憶が飛んだり、怪我をするのは悪い方に転んだ時だったのか。

リーガスはよく、次の日に悲鳴をあげていたよな。記憶にない傷に気付いた時とか、ずぶ濡れな自分の姿に。あれは、悪い方に転んでいた時だったのか。

「酒は適度に飲むのが一番だ」

「そうか。我にも適度ってあるのか？」

「ないだろうな、酔わないなら。というか、ルクスに酒はもったいないような気がする」

ぶつぶつ言い出したガルガを見る。薄らと頬が赤くなっている。

「もしかして酔っているのか？」

「酔っていないぞ。まだまだ俺はいける！」

これは、リーガスでも経験済みだ。確実に酔っているな。

ガルガが座っていた場所を見る。テーブルにはお酒が半分ほど入ったコップがある。

「半分？　いや、一杯と半分か？」

コップの大きさは、普通のコップより大きい。でも乾杯からそれほど時間が経っていないので、それほど飲んではいないはずだ。でもガルガの様子から、酔っていると思う。リーガスが飲んでいた量の、十分の一で？

「ドラゴン様」

「どうした？」

そういえば、どうしてこの者は我をドラゴン様と呼ぶんだ？　あれっ？　この者に名前を教えたかな？

「食事の方は足りていますか？　酒はどうでしょうか？」

「あぁ、問題ない。お前の名は？　我はルクスだ」

「おぉ、ドラゴン様に名前を教えていただけるとは、ありがとうございます」

大げさだな。ガルガぐらいの対応が、ちょうどいいんだが。

「私は、森の賢者と呼ばれているアグーと申します」

アグー？　どこかで聞いたような気がするな。

「あっ。リーガスの隣にいたアグーか？」

「いえいえ、それは私の祖父にあたります。長生きはしておりますが、さすがに数百年は無理ですので」

「奴の子孫か。我の知っているアグーは、リーガスに振り回されていたぞ。まぁ、度を超すと怒り狂ってリーガスを追い掛けまわしていたが」

「私の祖父がですか？　とても落ち着いた性格だったと聞いているのですが」

「落ち着いた？　確かに普段はそうだったかもしれないな。でもリーガスがいろいろと問題を起こすものだから、落ち着いていられなかったんだろう。よくリーガスの名を叫びながら、森を走り回っていたよ」

我の言葉に、嬉しそうに笑うアグー。

あぁ、リーガスの隣にいたアグーに似ているな。特に笑った時の表情がそっくりだ。

「そうだ。魔王について聞いた事はあるか？」

アグーなら知っているかもしれないな。

「魔王？　あぁ、それはルクス様の事でございます」

「我の事？」

不思議そうにアグーを見ると、小さく笑っている。

「どういう事だ？　なぜ我の事を魔王などと呼ぶんだ？」

「ルクス様が眠りにつく前、メディート国を攻撃しましたよね？」

メディート国を攻撃？　そんな事をした覚えはない。いや。リーガスを狙っていた者たちと彼等がいた場所も、一掃してから眠ったな。もしかして、その事か？

「ルクス様の攻撃は、メディート国の領土の七割を火の海にしました」

七割？　………ちょっと威力が強すぎたみたいだな。あの時は、苛立っていたから思いっきりブレスを吐いた。そのせいだろうな。

「そのお陰で、ルクス様が眠った後も森を攻撃する者はいませんでした。あの攻撃で、森にいるドラゴンを怒らせると国が焼かれると噂になったそうですから」

リーガスは守れたのか。それなら、あの攻撃も無駄ではなかったな。

「ただ、メディート国では国土を焼かれたものですから、かなり怒り狂っていたようです。しばらくすると、無慈悲に国を襲った魔王と勇者の話が聞かれるようになりました。そしていつか目覚める魔王を倒すために、国が冒険者たちを支援しだしたそうです。今も形を変えて、国が冒険者たちを強化しています」

「ふ～ん」

なるほど。我が魔王だから、記憶の中にある独特の魔力を持つ魔王がいないのか。

「お気を付けください」

「何をだ？」

「メディート国は、ドラゴンであるルクス様を狙うでしょう」

あぁ、ガルガが言っていたな。魔王を倒す事が、冒険者たちの目標だと。

我は幸せを探す旅に出る事が決まった。そんな我を狙う冒険者は、旅を邪魔する存在だ。

「面倒だな」

ガルガも魔王が復活してから対応を決めると言っていたな。そういえば、ガルガは？

ガルガを見ると、体がゆらゆらと揺れている。そのおかしな動きが気になり見ていると、アグーが小さく笑った。

「どうやら眠ってしまったようですね」

あれは、眠っているのか？　ずいぶんと体がふらふらと揺れているのだが、疲れないのか？

「ガルガ。ガルガ」

「んっ？　あれっ？　ルクス？　ふあぁあ。悪い、眠っていたようだ」

「そうだな。ガルガ、さっき話していた魔王はどうやら我の事らしいぞ」

「…………はっ？」

我の言った事を理解したのか、意識がはっきりしたようだ。

「我は眠る前にリーガスを狙う者がいる場所を攻撃した。その時の攻撃が、ガルガがいた国を焼いたらしい。それで我の事を魔王と呼んでいるそうだ」

「マジで？　あれ？　ルクスが目を覚ましたという事は…………魔王の復活？」

「そうなるな。ガルガ、どうする？」

我の言葉に不思議そうな表情をするガルガ。

「魔王が目を覚ましてから、討伐に向かうか考えると言っていただろう？」

「あぁ、それは魔王の正体を知らなかったからだ。それに国が焼かれる原因を作ったのはメディート国なんだろ？　リーガスさんに手を出さなければ、ルクスが攻撃する事はなかったんだろうから」

「まぁ、そうだな。メディート国に興味もないしな」

我の言葉に、ガルガが笑う。

「あぁ、なんというか…………あの国の上層部は馬鹿なんだな。ルクスを敵に回すなんて。あれ？　あぁ！」

急に大きな声を出すガルガに、お酒を楽しんでいた獣人たちが視線を向ける。

「うるさい」

耳を押さえ、ガルガを睨《にら》む。

「悪い。あのさ、ルクス。旅に出るのは無理かもしれない」

あれほど旅に誘っていたのにどうしたんだ？

「なぜだ？」

「メディート国は、魔王が復活したと冒険者たちに発表するはずだ。そうなると、あの国から多くの冒険者が、森に押し寄せると思う。常識のある冒険者だったらいいが、馬鹿な冒険者も多いんだ。ルクスがいなかったら、きっと森で暴れ回る。獣人たちが止めるだろう。でも、奴等はあくどい手を使う。きっと獣人たちに被害が出るはずだ」

「なるほど」

旅に行くつもりになっていたから、冒険者などに邪魔をされるのは苛立つな。害ある者が森に入れないように出来れば。

「あぁ、結界を張ればいいのではないか？」

「えっ、この森に？　いや、森は広いから…………もしかして森を覆う結界が張れるのか？」

「あぁ、中心に核になるものが必要だが出来る」

「核？　それはどんなものだ？」

「なんでもいい。我が力を込めて核にするから。そこらへんに転がっている石でも十分だ」

んっ？　どうしてガルガは驚いた表情をしているんだ？

「そ、そうか。それなら森は安全だな」

「あぁ。アグーもそれでいいか？」

アグーも驚いているな。そんなに驚く事があったのか？　…………分からないな。

「はい。結界で守っていただけるなんて、ありがたい事です」

核を何にするか考えないとな。そこらへんに転がっている石でもいいとは言ったが、大きい方が魔力を溜められる。探すのは面倒だから、ガルガにお薦めがないか聞いてみるか。

ガルガを見ると、真剣な表情で地面を睨みつけていた。それに首を傾げ、彼の言葉に耳を傾ける。

「森の心配より。メディート国にいるかつての仲間たちを心配した方がよさそうだ。魔王の正体を知らせてみるか？　うん、正体を知った方が。あぁでも、ドラゴンを狩りたいなんて馬鹿な考えになるかもしれない。だったら、魔王がメディート国を襲った原因を知らせてみるか？　どう考えたって自業自得だからな。まぁ、ちょっとやりすぎかもしれないが…………ルクスだから。少ししか関わっていないが、しょうがないとしか言いようがない」

ガルガはどうやら、冒険者仲間を心配しているようだ。いろいろ心配する事が多くて大変だな。んっ？　…………最後のは我を馬鹿にしているのだろうか？

「よしっ！」

「何か決まったのか？」

我の言葉に、口を押さえるガルガ。無意識に言葉が出てしまったのか。

「えっと、昔の仲間にメディート国の襲われた原因が自国にあると知らせようかと。あと、俺や仲間がどれだけ集まってもまったく手を出せないほど強いドラゴンがいて。実はそのドラゴンが『魔王』の正体で、下手な事をすればメディート国が消える可能性だってあると」

「なんだ、消していいのか？」

「違う、違う。消していい許可ではない」

なんだ、違うのか。面倒だからすっきりしたいのに。

「なぜそんなに残念そうなんだ。頼むから簡単に消そうとしないでくれ」

ガルガの焦った様子にアグーが密かに笑っているな。ガルガを見る。確かに面白い表情になっているな。

「アグーは森を襲った国が消えなくてもよいのか？」

森を守っている獣人はどう思っているんだろう？

「我々はメディート国が消える事を望んではいません。あの国にも良い人はいますから」

「そうか。ガルガ、分かった」

「ありがとう。俺は、俺の冤罪を晴らしてくれた仲間たちは信じる事にした。だから、森に住む獣人とメディート国の間で何があったのか全て知らせようと思う。ルクス」

「なんだ？」

「『魔王』の正体が『ドラゴン』だと知らせてもよいか？」

「いいぞ」

別にどうでもいい。

「ルクス、ありがとう」

喜ばれる理由は分からないが、ガルガが嬉しそうなのは良い事だな。

「よしっ、森は結界で守って、仲間には手紙で知らせて、あとは……旅の準備だな。何が必要なのか、ルクスが知っているわけないよな」

「あぁ、まったく分からない」

「少しは考えてもいいのでは？　まぁ、服は絶対に必要だけどな」

「考えても分からないから、考えない。服はこれがある」

着ている服を指でつまむ。

ビリッ。

「………破けたぞ」

「はぁ、優しく扱ってくれ。布は木よりも弱いんだ」

貧弱だな。

「洗い替えを考えたが、多めに用意した方がよさそうだな。あとは、何か必要だと思うものはないか？」

「分からん」

「…………まぁ、分からないなら仕方ないか。ルクス、苦労という言葉を知っているか？」

「あぁ、知っている。それが？」

「苦労をした事は？」

「ない」

「だと思った。いいか、ルクス！　旅は苦労をするのも醍醐味だ！　苦労を避けては通れないからな！」

「…………やっぱり飛んで——」

「ダメだ！　苦労の先に幸せが見つかるんだ…………たぶん」

小さな声で「たぶん」と言っているが、大丈夫か？

「本当だろうな？」

「あぁ～、ん～…………おそらく？」

「あはははっ。ルクス様。確かに苦労の先に幸せはありますよ」

えっ？　なぜ急にアグーは笑いだしたんだ？

ガルガと我の傍で笑うアグーを見る。涙を出すほど笑っている。

「すみません。お二人を見ていると、笑えてきて。ふふふっ」

ガルガを見ると、少し顔が赤い？　まだ、酒が残っているようだな。

「ルクス様。いろいろな苦労をして、初めて何が自分にとって幸せなのか分かるのです」

「そういうものなのか？」

「いろいろな考えを持つ者がいるため、違う考えを持つ者もいるでしょうが、私はそう思います」

「そうか。苦労か」

面倒だと思ったら避けて、敵だと思ったらブレスで消す。我の生活は…………とても単純だ。これではダメという事か。

「分かった。旅で苦労というものを経験してみる」

我の言葉にガルガが安堵した表情をする。アグーは…………なんとも言えない微笑みで我を見ているな。なんだか、ちょっとむずがゆいというか、視線を逸らしたくなるというか…………不思議な感覚だ。

「よしっ。明日から旅に向けて準備だ、ルクス。もちろん手伝ってもらうからな」

「分かった」

ガルガに言われた通りにすればいいだろう。考えても分からないから。

旅立ちと家出獣人

「これで、よし」

ガルガが、我が作ったマジックバッグに荷物を入れ満足そうに頷く。

「それにしても、このバッグは本当に凄いな。旅といえば大荷物なのに、このバッグに全て入ってしまうなんて」

我の記憶の中にあったマジックバッグという大量の荷物を入れる事が出来るバッグ。この世界にはないという事なので作ってみたが、ずいぶんと喜んでくれたようだ。

「はい。これがルクスの分だ。獣人から貰った服も入っている。大切に扱ってくれ」

ガルガが、背負うタイプのマジックバッグを目の前に差し出す。それを受け取り、目の高さまで持ち上げ観察する。

「どうしたんだ？　何か問題でもあるのか？」

「いや、問題はない」

この世界にあるバッグに、我が空間魔法を付与しマジックバッグに変えたものだ。その時に、初めてバッグというものに触れたが弱弱しく感じる。少し力を込めたら、服と同じように破れそうだ。

「ガルガ、これ」

ガルガが我が持ち上げたバッグを不思議そうに見る。

「どうした？」

「すぐに破れそうなんだが」

「いや、バッグ自体に強化魔法が掛かっているから、そんなに簡単に破けないぞ」

強化魔法？　あぁ、確かにうっすらと魔法は掛かっているが、この魔法では弱いだろう。でも、強化魔法か。我がこのバッグに強化魔法を掛けて強くするか？　うん、それがいいな。

「強化」

「えっ？」

手に持っていたバッグの周りがうっすら光ると消える。

「今…………何をしたんだ？」

「掛かっていた強化魔法が弱かったから、我が掛け直した」

「あぁ、そうか。…………悪い。俺のも頼む」

ガルガが自分のバッグを我の前に出す。それを受け取り、強化魔法を掛ける。

「ありがとう」

ガルガは少し考えると、ナイフを出してバッグに突き刺した。

「凄い。ナイフの刃が折れた」

「当然だろう？　我が強化したものなんだから」

ガルガが呆れた表情で我を見る。

「なんだ？」

「いや、ドラゴンってやっぱり規格外だと思ってな」

規格外？

「当然だろう？　ドラゴンなんだから」

「まぁ、そうなんだけど」

ガルガが複雑な表情をしている。困っているというか、呆れているというか……………また考えすぎているのだろう。あっそうか。服にも強化魔法を掛ければいいのか。そうすれば、つまんでも破れる事はない。うん、そうしよう。後で全ての服に強化魔法を掛けよう。

「行かないのか？」

出発する前にリーガスの墓に行き、森全体に結界を張る事になっている。核にするのはリーガスの墓。彼女が守った森だから、彼女の墓を核にする事にした。

ガルガは最初、墓を核にする事に反対した。どうして反対するのか聞けば、死者を冒涜《ぼうとく》する事になるとか。意味が分からず聞けば「墓は神聖なものだから、穢《けが》したらダメだ」と。核にする事が、どうして穢す事になるのか分からない。だってリーガスだったら「任せろ」と言って、笑うはずだから。ガルガにそう言うと、少し困った顔をした後「分かった」と言った。

「行く」

周りに集まってきていた獣人たちに声を掛け、出発する。

「「「いってらっしゃい」」」

沢山の獣人たちからの声に、ガルガがしたように手を振る。これはバイバイ。

「おかえりを、お待ちしています」

傍にいるアグーの言葉に頷くと、崖の上の墓に向かって歩きだす。少し歩くと、ちょっとだけ振り返る。まだ、我に向かって手を振っている獣人たち。その姿に、不思議な気持ちになる。

「どうした？」

我を見て首を傾げるガルガ。

「いや、なんとも不思議な…………気分だ」

我が何を感じているのか、よく分からない。ただ、悪くない。

「んっ？」

我の返答に眉間に皺を寄せるガルガ。

「いい気分という事だ」

なんとなく違うような気もするが、今はこれでいい。

「そうか。それならそういう表情になって欲しいが、変わらないな」

我は無表情らしい。ガルガに言われるまで、表情など気にした事はなかった。ただ、ガルガのように動いていないとは思っていたが。

ガルガが前を歩く。それに合わせて歩いているが、遅い。やっぱり飛ぶ方が楽だな。

「飛ばないぞ」

どうしてバレたんだ？　謎だ。

「分かっている」

墓の前に出ると、最初の時とは違う気持ちになる。

自分の胸の部分に手を置く。なんだろう？　我の知らない気持ち？

「痛いのか？」

痛い？

「いや、痛くはない」

痛くはないが…………まぁ、いいか。リーガスの墓に手を当て、魔力を込める。墓が微かに光りだすと、森を覆うように結界を張る。最後に墓と我を繋《つな》げる。これでどんなに離れた場所に我が行っても、魔力を送り続ける事が出来る。

「もう、終わりか？」

墓から手を放すと、ガルガが驚いた表情をする。

「あぁ」

崖の上から森を見渡す。遠くにまで広がった結界の魔力を感じる。そして、その結界に弾かれた存在にも気付いた。

「まだ、森にいたみたいだな」

「どうした？」

「獣人たちを害そうとする者が、まだ森の中にいたみたいだ」

獣人たちが見回りをしていたが、隠れていたのかな？

「そうか。どうなった？」

「森の外に弾かれたから、大丈夫。『見せしめ』も上手く掛かったようだ」

森を害するために来る者をどう処理するかで、ガルガと意見が分かれた。我は殺そうと思ったが、ガルガは反対。獣人を害そうとする者を助けるのかと思ったが、違った。ガルガは森に手を出した奴の末路、つまり「見せしめ」が必要だと主張したのだ。詳しく聞いて、ガルガは甘いだけではないのだと分かった。

「という事は、弾かれた奴等の魔力を奪えたのか？」

「あぁ、根こそぎ奪い結界が吸収した。あと呪いの方も問題ない。奴等は、数年は魔力を溜められないだろう」

ガルガの考えた「見せしめ」は、魔力を奪う事。冒険者も騎士も、魔力がなければ使いものにならない。しかも数年は魔力が溜まらないようにして欲しいとも言われた時は、彼の残虐性に少し驚いた。まぁ、彼の考えに我は大賛成だったので、喜々として結界に付与したが。

「よしっ。これで、森に手を出す者は減るはずだ」

この「見せしめ」については、メディート国だけでなく他の国でも「森の罰」として広がる予定だ。ガルガが旅の準備の傍らメディート国にいる仲間に手紙を送ったから。手紙の内容は、魔王の正体とそう呼ばれるようになった経緯。そして森に手を出せば罰を受ける事だ。手紙の最後には、この事を各国に広げて欲しいと書いたので、ガルガの仲間たちが広めてくれるだろう。

「いなくなるとは言わないんだな」

魔力がなければ、日常生活も不便になる。魔力とはそれほど重要なものだ。そんな大切なものを奪われると知っているのに、まだ手を出す者がいるとガルガは考えるんだな。

「メディート国の王と上層部の頭の中は腐っているからな」

「ふっ、腐っているか」

「あぁ、『森の罰』という忠告も我々を馬鹿にしていると憤慨するだろう。それに、魔力が奪われるのは王や上層部ではなく、奴等に命令を受けた者たちだ」

その部分については少し思う事があるのか、ガルガの表情が歪《ゆが》む。

「あの国は、変わらないと」

ぼそっと呟くガルガの表情は暗い。きっと変わる時には、そうとうな痛みを伴うのだろう。

「上手くいくといいな」

「あぁ」

崖を下り、最初の目的地ラクスア国に向かう。獣人の王が治める国で、メディート国と隣接しているため武力に力を入れているそうだ。

なぜ最初に向かう場所をラクスア国にしたのか。それは、リーガスの育った国だからだ。彼女がいた時から数百年。いろいろな事は変わっているだろうが、最初に行くなら彼女のゆかりの場所にしたかった。

「何もなければ九日後にはラクスア国だ」

ガルガが地図を見て教えてくれるが、首を傾げる。

「そんなに掛かるのか？」

歩きとはいえ、そんなに日にちが掛かるだろうか？

「あぁ、俺たちがいた場所はほぼドラゴンの森の中心部分。そこからどの国に行くにも一週間以上は掛かる」

「そうか」

「言っておくが、俺に合わせての日程だからな」

「んっ？」

「ルクスに合わせると食事も休憩もなしだろう？」

「んっ？　あっ、ガルガには休憩と食事、あと睡眠が必要なんだったな」

すっかり忘れていた。旅に出る前に、ガルガが教えてくれたのに。

「人間も獣人もいろいろやる事があって大変だよな」

「ははっ。食事に休憩、睡眠をそういう風にとらえるのはルクスだけだよ」

そうだろうか？　まぁこの世界にドラゴンは我だけだから、そうかもしれないな。

「でもいいよな。睡眠や休憩を取らなくてもいい体なんて」

「食事は羨《うらや》ましくないのか？」

「それは、ない。うまいものは、俺にとって必要なものだからな」

「うまいものか」

いつか、食べたものを「うまい」と思う日が来るのだろうか？

「どっちだ？」

道が二手に分かれているが、右か左か？

「どっちに行ってもラクスア国には行けるけど、どっちがいい？」

ガルガを見る。なぜか楽しそうに我を見ている。

「どっちでもいいのか？」

「あぁ、一方は険しい道だがラクスア国に早く着ける。もう一方は安全にラクスア国に着けるが時間は掛かる。どっちがいい？」

「近道だな。どっちだ？」

「さぁ？」

これは、教える気はないな。

ん～、まぁ時間が掛かってもラクスア国には行けるし、気軽に選ぶか。

「左」

「なら左に行こう」

ガルガが左の道に進む。

「何をさせたいんだ？」

ガルガの行動の意味が分からない。

「難しく考えるなって。ただ、先に進む道をルクスの運に任せただけだから」

我の運か。

「っで？　我が選んだ左は近道か？　遠回りか？」

「遠回りだな」

我の運は、あまり良くないようだ。遠回りか、残念。

「はぁ、ルクス。この辺りで一度休憩を入れよう」

汗を拭《ぬぐ》うガルガが我を見る。歩き始めて三時間ぐらいか？　ガルガはずいぶんと疲れているな。

「分かった」

近くの岩に腰を下ろすガルガ。我も近くの岩に座る。

「本当に疲れないんだな」

ガルガが我を見る。それに首を傾げる。

「嘘だと思っていたのか？」

「いや、ルクスが嘘を吐くとは思っていない。ただ、不思議だと思って」

不思議？

「ルクスに言われるまで、どんなに動いても疲れない存在がいるなんて想像した事もなかったから。なんとなく、不思議な感じがするんだ」

「そうか」

ガルガの感覚はよく分からないが、人間や獣人と違うから不思議に思うのかもな。

「ところで休憩はまだ続けるのか？」

「ルクス。休憩を始めてまだ五分も経っていない。さすがに、こんな短時間では休めない」

「分かった」

ガルガの体は軟弱だな。

「言っておくが、俺は軟弱ではないからな。人や獣人は歩き続けると体力が消耗する。その回復に休憩が必要なんだ。一回の休憩は三〇分以上。ゆっくり水を飲んで果実を食べて、消耗した体力を回復させるんだ」

「なるほど」

我がガルガを軟弱だと思った事によく気付いたな。それにしても、ガルガではなく人間や獣人が軟弱だったのか。たった三時間で、休憩が必要になるほど。可哀そうな体だ。

「なんだろう？　ルクスと俺の間に大きな溝を感じる」

ガルガと我の間に溝？

足元を見る。

「溝はないぞ」

「…………うん、知ってる」

「んっ？」

どうしてガルガは溜め息を吐いているんだ？　そんなに疲れているのか？　幻覚の溝を見るほど？

「ルクス」

「なんだ？」

「リーガスさんと共に生活をしていたんだよな？」

「えっ、違うぞ」

「えっ、違うのか？　一緒にいたんだろう？」

「我はお気に入りの湖や洞窟にいた。そこにリーガスが来て勝手に話をして満足して帰っていく。たまに、リーガスを狙った者が現れるので排除して、そのお祝いの場に呼ばれて料理を食べる。その繰り返しだったな」

「思っていたのと違う」

「そうなのか？」

「あぁ、もっと親しい付き合いがあったのだと思った」

リーガスとか。

「あの時に、今のような姿になれていれば…………違った付き合い方が出来たんだろうな」

なぜだろう？　少し気分が…………。

「どうした？」

「リーガスの事を思い出すと、胸が…………よく分からない状態になる」

「それは…………」

「それは？」

ガルガを見ると、なんとも言えない表情で我を見ている。なんなんだ？

「悲しいとか寂しいとか。そんな感情じゃないか？」

悲しい？　寂しい？　それはどういう感情なんだろう？

悲しい…………寂しい…………あっ。記憶の中に、「寂しい」と言いながら泣いている子がいる。

「寂しいから一緒にいて」と手を伸ばし叫んでいる子も。暗い檻の中で「一人は悲しい」と泣いている子も。

我は、記憶の中にいるこの子たちと同じ気持ちを抱えているのか？　でもリーガスを思い出してどうして悲しいと思う？　寂しいと思う？

「一緒に？」

我はリーガスと一緒にいたいのか？　死んでしまっているのに？

「よく、分からない」

「そうか。まぁ、ゆっくり知っていけばいいよ。ルクスはいろいろな感情を知らないまま生きてきたみたいだからな」

ガルガを見ると、納得した様子で頷いている。何を納得したのか分からないが、ガルガが言うように我は感情を知らないんだろうな。いろいろな記憶を見て気付いた。我にはよく分からない感情で、多くの者が涙し悲しみそして苦しんでいる。でも我にも分かる感情があった。

「苛立った感情は、凄く馴染みがある」

「ははっ、それはそうだろう」

ガルガが我の言葉に小さく笑う。

「さてと、そろそろ移動しようか」

ガルガが荷物を背負う。

「もういいのか？」

「あぁ、ゆっくり出来たからもう大丈夫だ」

休憩は四十五分ぐらいだな。

「分かった」

ガルガは軟弱だから、休憩が必要になる事を忘れないようにしないとな。


「ルクス、湖だ！」

ガルガが楽しそうに、湖を指す。

「そうだな」

湖を見てどうしてあんなに楽しそうなんだ？

「綺麗だな」

湖が綺麗？　ガルガの横に立ち、湖を眺める。

風が吹く度に湖面が揺れ、太陽の光でキラキラと輝く湖。

「あぁ、確かに。湖に光が反射して綺麗だな」

「そうだろう？　心が洗われるようだ」

どうやって？　ガルガの胸の辺りを見る。

「心は実際には掴めないものだったはずだけど」

「えっ！　………ルクスはいろいろ知っているが、知らない事も本当に多いよな。それにしても、ぷっあははは」

ガルガが驚いた表情をすると、次に呆れたように言う。そしてなぜか、おかしそうに笑いだす。忙しい奴だな。

「なんだ？」

「いや、ルクスが心をどう洗うのか考えていると想像したら、楽しくなった」

ガルガが言い出した事なんだけどな。

「心が洗われるは、綺麗な風景に心が浄化される。つまりすがすがしい気持ちになったという事だよ」

「なるほど」

すがすがしい気持ちね。

もう一度湖を見る。キラキラと反射する光が眩しい、少し目を細める。……残念だ。ガルガが言うような気持ちはちょっと難しい。我には眩しいだけだ。

あれ？　湖の反対側の岸に何かいる。動いていないか？　なんだあれは？

「………ガルガ」

「どうした？」

「獣人が落ちているぞ」

「はっ？　何が落ちているって？」

「獣人」

ガルガが不思議そうに我の指す方を見る。

「違う！　あれは倒れているんだ！」

慌てた様子で獣人の下に駆けるガルガ。

「あぁ、倒れていたのか」

落ちた状態と倒れた状態は一緒だから、我には区別がつかないな。

「おい、大丈夫か？」

ガルガの後ろから獣人を見る。オスで耳の形からすると犬の獣人のようだな。それにしても、顔色が悪いな。それに微かだが、腹から音が聞こえる。これは、なんの音なんだろう？

「ガルガ」

「どうした？　怪我はしていないみたいだ、病気か？」

「腹から音が聞こえる」

「はっ？　腹から音？」

ぐぐ～。

「それだ」

「…………」

ちょうどいい感じに音が大きくなりガルガにも聞こえたようだ。あれ？　ガルガが溜め息を吐いた。

「なんだ？」

「あぁたぶん。腹が減っているんだ。まぁ、病気の可能性は捨てきれないが」

ガルガがオスの獣人の頬を叩く。

「んっ？　えっ？」

意識が戻ったのか、オスの獣人が不思議そうにガルガと我を見る。

瞳の色が濃い緑だから風属性か。空を飛んでいて落ちたのか？

「大丈夫か？」

「…………お腹が減りました」

「あ～、そうか。病気という事はないんだな？」

「病気ですか？」

首を傾げ、ガルガに視線を向けるオスの獣人。

「倒れていたから、発作でも起こしたのかと思って心配しているんだ」

「あぁ、すみません。ずっと何も食べていなくて」

無表情で言うオスの獣人に、ガルガがポンと頭を撫でる。

「それだったら消化にいいものを作らないとな」

ガルガの言葉に目を見開くオスの獣人。

「あの、お金は持っていなくて」

オスの獣人の頭をもう一度ガルガが撫でる。

「お金はいらない」

「でも…………」

困った表情になるオスの獣人を、ガルガが優し気に見る。

「困った時は頼ってもいいんだぞ。それでも気になるなら、元気になった時に恩を返してくれ」

ガルガの言葉に、オスの獣人が頷く。

「はい。必ずこの恩は返します」

「律儀《りちぎ》だな」

ガルガが楽し気に笑うとオスの獣人も微かに笑顔を見せた。

「名前は？」

ガルガの質問に少し戸惑った表情をしたオスの獣人。名前がないのか？

「バズです」

名前を言うと、そっとガルガの様子を窺うバズ。それを不思議そうに見たガルガは、特に聞く事もなく頷く。

「分かった、バズだな。俺は元冒険者のガルガ、人だ。それでこっちはルクス。えっと、彼女は…………獣人だ」

少し考えたガルガの紹介に、バズが首を傾げる。我も首を傾げてガルガを見る。何を迷ったのか分からないんだが。

「気にするな。それよりルクスも自己紹介をした方がいい」

我も？　バズを見ると我に視線を向けていた。

「ルクスだ。どうしてあんな場所で腹を空かせていたんだ？」

「あっ、えっと」

我の質問に、困った表情で頬を掻くバズ。ガルガは我を見て、呆れた表情になった。

「名前だけって。しかも訳ありそうだったから、あえて聞かなかったのに…………。バズ、今は何も答えなくていい。言いたくなった時に教えてくれ」

「ガルガ？」

彼の不思議な行動に視線を向ける。

「今は聞く時ではないんだ」

「そうなのか？」

いろいろな事をはっきりさせておいた方がいいと思ったけど。どうやら違うらしい。

「とりあえず、何か作るぞ。ルクス、火熾《おこ》し用に、落ちている小枝や枝を拾ってくれ。間違っても木々を倒す必要はないからな」

「大丈夫だ、もう間違えない。何度も言わなくていい」

初日に、火熾しの手伝いをした。必要な小枝や枝の量が分からなかったので、近くの木々を数本倒した。それを見たガルガが大慌て。聞けば、小枝や枝は落ちているものでよかったらしい。そういう事は、早く言ってくれなければ分からない。

小枝と枝を拾っている間に、ガルガが料理の準備をする。

「これぐらいでいいのか？」

両手いっぱいの小枝や枝を見せる。

「あぁ、ありがとう。火を熾してくれ」

「分かった」

ガルガに教えてもらった通りに火をつける。といっても、小枝や枝を集めて魔法で火をつけるだけなので簡単だ。まぁ、最初は火の勢いがよく一瞬で集めた小枝や枝が灰になったが。今は問題ない。

ガルガがバズのためにスープを作る。その間、バズのお腹が盛大に鳴っていた。

「よく鳴るな」

「えっと、はい」

戸惑った表情をするバズ。そんな我とバズを見て、ガルガが楽しそうに笑った。

「バズ、悪いな。ルクスは常識が少し、いや。あ～、ないというより知らないんだな」

「えっ？」

ガルガの言葉にバズが我を不思議そうに見る。

「なんだ？」

「えっと、ガルガさんが言った事を気にしないのですね」

気にする？　何を？

「あぁ、常識を知らない事か？　本当の事だからな」

「そうなんですか。えっと…………」

バズがもの凄く困っている。我の言った事が原因だろうか？　特におかしな事を言った覚えはないんだが。

「ほら、出来たぞ。ルクスの事は、気にするな」

「ありがとうございます」

そっとスープを飲むバズ。

「うまいか？」

「はい、温かくてうまいです」

うまいのか。ガルガも自分で作ったスープをおいしそうに飲んでいるな。

「ガルガ、我にもくれ」

「いいぞ」

少し驚いた表情をしたガルガは、嬉しそうに笑った。

ガルガの作ったスープを飲む。…………うまいのか？　温かいが、味は…………肉と野菜の味だな。えぐみはないし渋みもない。

「どうだ？」

「肉と野菜の味だな」

「ははっ。そうだろうな」

我の返答にガルガが笑う。バズは首を傾げながら、我とガルガを見る。

「バズはこれからどうするんだ？」

ガルガの言葉にバズは視線を落とす。

「…………」

黙ってしまったバズを見る。横顔しか見えないが、どこか苦しそうに表情が歪んでいる。

「一緒に旅をするか？」

「えっ？」

「行くところがないなら、どうだ？」

ガルガに戸惑った視線を向けるバズ。少し考えて、首を横に振る。

「僕は――」

「俺とルクスは幸せを探す旅をしているんだ」

「えっ？」

バズがガルガを見る。

「幸せですか？」

「そう、幸せだ」


―家出獣人　バズ視点―


幸せを探す旅なんて。でも、ガルガさんもルクスさんも揶揄っている様子はない。もしかして本当に「幸せを探す旅」をしているのだろうか？

「バズの幸せは何？」

ルクスさんの言葉に、首を横に振る。

「バズも幸せを知らないのか？」

ルクスさんの質問に首を傾げる。

幸せを知らないとはどういう意味だろう？

「我は幸せがどういうものか知らない。だから、旅をしながら探す事になった」

ルクスさんは不思議な事を言うな。生きていれば、幸せを感じた時はあると思うんだけど。僕にも幸せな時はあった。そう、あったはずなんだけど。どうしてだろう？　それを今、思い出す事が出来ない。

「僕は、どうしたらいいんだろう？」

代々騎士を輩出する家に生まれた。父も母も騎士。祖父も祖母も騎士。僕の周りの者は、全員騎士。だから僕にも騎士になる事が当然とされた。

でも僕は血が苦手で。幼い頃、血を見て倒れた事がある。

あぁ、そうだ。あの時から、何かが変わったんだ。血を見て倒れた僕を、両親も周りも許さなかったあの日から。

泣いて嫌がる僕を、無理矢理騎士団の訓練に参加させた。何度逃げだしても連れ戻されて。兄たちにはその度に訓練という名の暴力を受けた。傷を負う度に血には慣れていったけど、騎士が本当に大嫌いになった。

それでも、十五歳になれば学校に通える。そうなれば、騎士ではなく他の道を選ぶ事が出来る。それを、たった一つの希望に耐えた。

でも、その希望をあいつ等は奪った。僕の知らないところで、騎士学校に通う事が決まっていたんだ。何度も「嫌だ」と伝えたのに。

僕の声は、誰にも届かなかった。

父は、逃げだそうとした僕を部屋に閉じ込めた。母と兄たちは、僕を無視した。閉じ込められた部屋から見た空は曇っていて、あの時から………僕はおかしくなる。

父も母も、兄たちも。あの時から、僕にとってどうもいい存在になった。だから、密かに勉強して作っていた魔道具を使って家を爆破した。だって、逃げだしても追いかけてくるなら、追えないようにしないとダメだから。あの家に、良い思い出なんて一つもない。だから、何もかも爆破してなくす事にした。

「家を爆破して逃げてきた」

「はっ？」

僕の言葉にガルガさんが目を見開く。ルクスさんは特に反応しない。本当に彼女は不思議な獣人だな。そういえば、彼女はなんの獣人なんだろう？　耳は人と同じだ。皮膚にも獣の形跡がない。

「どうした？」

「いいえ。すみません」

見ているのに気付かれてしまった。あっ、首の辺りに鱗がある。爬虫類系の獣人なのかな？

「バズ。家を爆破したって、どうしてだ？」

どうして？

「だって、僕を………僕の意思を無視して勝手に未来を決めるから。何度も、何度も『嫌だ』と言ったんだ。でも誰も僕の声に応えてくれなかった。それでも僕は、分かって欲しくてちゃんと伝えた！　伝えたんだ！　でも無視をした」

　あれ？　おかしいな、心が苦しい。それに、言葉が止まらない。

「僕の声には無視したくせに、あいつ等の声には従えというんだ。どうして僕だけ？　なぁ、騎士はそんなに偉いのか？　騎士の家に生まれたら、騎士以外の道は許されないのか？　なぁ、どうしてダメなんだ？　僕は騎士が大嫌いなんだ！　国を守る大切な存在？　だから僕の人生を奪っていいのか？　ガルガさん、ルクスさん。どうして僕は、騎士にならなければならないんだ？　僕はそんな者になりたくない！」

　どうして、彼等にこんな事を言っているんだろう？

　息が切れる。あぁ、苦しい。

　馬鹿だな僕は。もう何度もあいつ等に言った言葉。それが、伝わった事などないのに。ずっと経験してきたのに……僕はまだ凝りていないんだな。あぁ、ガルガさんとルクスさんの顔が滲《にじ》んで見えない。彼等は今、どういう表情をしているだろう？

「そんなに嫌なら、騎士になる必要はないだろう」

「えっ？」

　ガルガさんの言葉に、息を呑む。僕の声が……届いたのか？

「バズの人生だ。邪魔をするなら爆破して正解だな」

ルクスさんの言葉に、目を見開く。

「おい、爆破するのはダメだろう」

「なぜだ？」

「なぜって、それは…………家族だから？」

「なんだ、その意味の分からない理由は。だいたい家族なら、子供の声に耳を傾けるべきらしいぞ」

ルクスさんの言葉に首を傾げる。「らしい」という事は、ルクスさんの経験上ではないのかな？

「まぁ…………そうだな。ルクスの言う通りだ。爆破するのはどうかと思うが、どうにもならない状態から逃げだすのは正解だと思うぞ。うん。逃げだして正解だ」

「ははっ、そうか、逃げてよかったんですね」

空を見る。今日はよく晴れていたから、綺麗な夕焼けが広がっていた。

「綺麗だな」

あの曇り空を見た時から感じていた、苦しみや虚しさが消えていくみたいだ。

「ありがとうございます」

逃げていいと言ってくれて。家を爆破したのは、意見が分かれるみたいだけど。

「ははは

っ」

笑う僕の頭をガルガさんがポンと撫でた。あぁ、いつぶりだろう？　笑うのも、頭を撫でられるのも。

「ううぅ」

涙がこぼれる。拭《ぬぐ》っても、拭っても、後から後から溢れてくる。

「頑張ったな。バズ、お前は頑張った」

あぁ、そうだ。僕は、家族に理解して欲しかったから頑張ったんだ。届かない声も、いつか届くと信じて。苦しくて、悲しくても僕は…………頑張ったんだ。

昔は優しかったから。いつの間にか変わってしまったけど。父と母、そして兄たちも優しかったんだ。僕は、そんな家族に戻りたかった。だってあの時は、幸せだったから。

「あれ？」

僕…………寝ていたのか？

起き上がると、炎が見えた。

「夜？」

「あぁ、夜中だな」

「うわっ。あ、ルクスさん」

「ガルガが言った通りだな。目が腫れている」

目が腫れる？

……………あぁ、僕もしかして泣き疲れて寝てしまったのか？　そうだよな、たぶん。だって、泣いた後の記憶がない。もうすぐ十五歳なのに、恥ずかしい。

「どうした？　赤くなったり青くなったりして」

その事には触れて欲しくなかったな。

「いえ、えっと大丈夫です。目は――」

「はい。冷やすといいらしいぞ」

ルクスさんから冷たい濡れタオルを受け取る。お礼を言って、その布を目に当てる。熱を持っていたのか、気持ちがいい。

「バズ、家を爆破した事は気にするな。我は、邪魔な者は全て燃やして灰にしてきた。家を爆破するなど、大した事ではない」

「…………燃やして灰に？」

「あぁ、森に侵入した人間やワイバーン。それに我の友を悲しませた獣人も全てだ」

それは、凄く大事《おおごと》では？

「えっと、それについて文句を言ってきた者はいないのですか？」

「いないな。文句を言ってきた者も邪魔なら燃やせばいい」

文句だけで燃やされるのか？　さすがにそれはダメだろう。あぁ、ガルガさんが言っていた常識を知らないというのはこういう事か。

「文句ぐらいなら許してあげてもいいのでは？」

「なぜ？」

「えっ、なぜって…………被害が出たわけではないからかな？」

「我の時間を無駄にした」

「…………そうですね」

ガルガさんを見る。寝ている。ダメだ。僕ではルクスさんに常識を伝えられない。どうしたらいいんだ？

「バズ」

「はい」

「一緒に旅をするかどうかは、落ち着いてから決めたらいいそうだ」

ガルガさんが言っていたのかな？

「分かりました。あの、いろいろとありがとうございます」

「…………何もしていないが？」

不思議そうに僕を見るルクスさん。本当に分かっていないようだ。

「えっと、僕の話を聞いてくれたので」

「相手を知るためには、相手の話をよく聞くのが一番らしい」

ルクスさんは時々、不思議な言い回しをするな。今も、自分の経験ではなく誰かから言われた言葉みたいだ。

「そうかもしれないですね」

大切な相手だったら話を聞くはずで、聞かないのは……どうでもいい相手だから。両親も兄たちも、僕の事を…………。

「バズ」

「えっ？　はい？」

ルクスさんを見ると、目の前にコップ。とっさに受け取ると、甘い香りがした。

「飲むと、いいらしい」

ルクスさんを見ると、僕をジッと見ている。

これは、飲めという事だろうか？

「いただきます」

甘い香りの飲み物を一口飲む。口に広がる温かい甘味。

「おいしい」

「そうか。それは良かった」

ルクスさんを見ると空を見上げていたので、つられて空に視線を向ける。

「星がいっぱいだ」

星って、こんなに綺麗だったんだ。

―ドラゴン　ルクス視点―


星を見るバズに視線を向ける。その笑みの浮かんだ表情に首を傾げる。

たった数時間の間に、彼に何があったんだ？　最初に会った時は、悲愴感《ひそうかん》を漂わせていたのに。

「ルクスさん。僕も一緒に旅をしたいです」

「そうか、分かった」

落ち着いてから決めていいと言ったんだけど、もう決めたようだ。

バズを見る。

「あぁ、落ち着いたのか」

「えっ？　まぁ、落ち着きました」

不思議そうに我を見るバズ。それに首を傾げる。

「そういえば、ここはドラゴンの森ですよね？」

「あぁ、そう呼ばれているな」

「ドラゴンなんて、本当にいるんでしょうか？」

「んっ？」

バズは何を言っているんだ？　我の前で。

「目の前にいるではないか」

「えっ？」

バズが我を見る。視線が合うと首を傾げている。

「ドラゴンが目の前に？」

「あぁ、我がそのドラゴンだ」

「…………えっと？」

バズの視線がガルガに向く。しばらく彼を見てから、戸惑った様子で我を見る。

「それは、本当ですか？」

「本当とは？」

「その、ルクスさんがドラゴンだというのは」

「あぁ」

どうして、そんな事を聞くんだ？　そういえば、初めて会った時から我は獣人の姿だったな。

あぁ、この見た目ではドラゴンだと思わないか。

「待て」

バキバキバキッッ。

獣人から本来のドラゴンの姿に戻る。これで、バズも我がドラゴンだと分かっただろう。

「うわぁ～」

んっ？

「ど、どうした！　バズ？　ルクス？　うわっ、何があった？　木がなぎ倒されているじゃないか！」

バズの叫び声とガルガの慌てた様子に、ドラゴンのまま首を傾げる。

周りを見ても敵はいない。

バズは、どうして叫んだんだ？　ガルガも木がどうしたって？　あぁ、我がドラゴンになった時にぶつかった木の事か。まぁ、それはしょうがない。

「ガルガさん。あの、その、あれ！」

「あぁ………はぁ。バズ、とりあえず落ち着け。ルクスは獣人に戻ってくれ」

獣人に戻ると、バズが涙目で我を見て真っ赤になって背を向けた。

バズは、また泣いているのか？　目の腫れがようやく落ち着いてきたところだったのに。

「バズは、泣き虫だな」

「えっ！　あの、服を、服を」

「はぁ」

真っ赤な顔のバズに、大きな溜め息を吐くガルガ。そんな二人の様子に首を傾げる。

「ルクス、とりあえず服を着ろ」

ガルガが我に服を押し付ける。

「服?」

視線を下げる。確かに服を着ていない。

「ドラゴンになった時に破れたんだな。強化魔法を掛けておいたが無駄だったか」

渡された服を着て、ガルガを見る。

「ガルガ。目覚めるには、少し早くないか?」

そろそろ夜が明けるけど、目覚める時間には早い。

「ははははっ、はぁ。バズ、少しは落ち着いたか?」

なぜだろう? ガルガに諦めたような溜め息を吐かれた。

「はい。えっと、すみません。俺の叫び声で起きたんですよね? その、ルクスさんの姿がドラゴンに変わって驚いてしまって」

「謝るな。ルクスの事、ちゃんと言っていなかった俺が悪いんだ。それと、バズの叫び声ではなく木が倒れた音で目は覚めたから」

ガルガとバズを見る。二人ともどこか申し訳なさそうにしている。

「ルクス。どうして急に本来の姿に戻ったんだ?」

我を見るガルガ。

「バズにドラゴンがいるのか聞かれて『我だ』と言ったが、信じられないみたいだったから。本来の姿を見たら信じるだろうと思ってな」

「なるほど。まぁ………それなら仕方ないのか？」

ガルガが上空を見ながら苦笑する。どこを見ているのか、視線を追ってみるが分からない。星空か？　何か違うような気がするんだが。

「あの、ルクスさん。かっこよかったです。ドラゴンの姿がとても！」

バズを見ると、なぜか頬が赤い。少し興奮しているようだ。

「そうか？　ありがとう」

かっこいいか。あまり言われ慣れていない言葉だな。

「驚いたくせに、かっこいいという感想を抱くなんて。バズは結構度胸があるな」

「えっ？　そうですか？」

ガルガの言葉に首を傾げるバズ。

「叫びながらドラゴンの姿はしっかり見たんだろう？」

「はい。迫力のある大きさに驚きましたが、月灯《つきあか》りで鱗がキラキラしてとても美しかったです。何より、今のルクスさんより凄い力を感じました。全身が震え上がるほどの力なんて、今まで感じた事がないから感動です」

「やっぱり度胸があるわ」

バズの感想に、ガルガが感心した様子で呟く。

「なんだか、目が覚めたな」

ガルガが腕を上げて、体を伸ばす。

「寝ないのか？」

「あぁ、完全に目が覚めた。早いけど、メシを作るか」

ガルガの表情を見る。微かに疲れが見えるが、大丈夫なのだろうか？

「どうした？」

我の視線に気付いたのか。

「疲れているみたいだが大丈夫なのか？」

「えっ？　あぁ、ちょっと寝つきが悪くてな」

そういえば、寝る体勢に入ってから随分と長い間起きていたな。あれは、眠れなかったからなのか。

「まぁ、大丈夫。これぐらいで倒れる事はない」

料理を始めたガルガに視線を向ける。

ガルガは冒険者としては強いようだが、人間の体は弱い。よく燃えて、すぐに死ぬ。気を付けていた方がいいかな？

「どうしたんですか？」

隣に座ったバズを見る。

「ガルガはすぐに死ぬから、気を付けた方がいいかと思って」

「えっ？」

驚いた表情でガルガを見るバズ。

「こら、ルクス！　誰がすぐに死ぬだ！」

なぜ、怒る？

「人間は弱いだろう？」

「ルクスに比べたら誰だって弱いだろうが」

「人間は、獣人に比べてかなり弱い。疲れが続くと死ぬかもしれない」

「それはもしかして、心配してくれているんだな。分かりにくいな。いくつか訂正するぞ。獣人に比べたら人の体は弱い。でも、疲れが続いてもすぐには死なない。まぁ、それが数十日続けば体力が落ちて病気になる可能性はあるが」

「やはり死ぬのか」

「違う。数十日続けばだ。俺は休む時はしっかり休む。だから大丈夫だ。あと、獣人より体の作りは弱いかもしれないが、獣人も病気には弱いからな」

「そうなのか？」

ガルガだけでなくバズも弱いのか。

「まぁ、人より抵抗力はありますが。病気にはなりますね。獣人特有の病気もありますし」

「そうか。人間も獣人も大変だな」

我の言葉にバズが苦笑する。

「ルクスはどんな病気にもかからないのか？」

「あぁ。病気にかかる事はないな。怪我もすぐに治る」

ガルガが少し羨ましそうな表情で我を見る。

「病気の心配がないのはよいな」

「そうですね」

ガルガの言葉にバズも頷く。

「ドラゴンが心配するのは一つだけだ」

「なんだ？」

興味津々の表情でガルガが聞く。

「力の暴走。これが起こると、周りを巻き込んで大爆発を起こす」

「周りを巻き込んで？　どれくらいの規模の爆発なんですか？」

バズの言葉に、少し考える。今の我の力が制御できず爆発するとなれば…………。

「この星全てだな」

「「……」」

二人が目を見開き、我を見る。

「そんなに大きな爆発になるのか？　この星全てって事は…………人も獣人も滅びるとか？」

「最悪な状態だと、そうだな」

我が持つ力は、以前に比べて膨大になっている。おそらく、この星から命はいなくなるだろうな。

「その力の暴走？　それは、なぜ起こるんだ？」

「知らん」

「「えっ？」」

驚いた表情をする二人に視線を向ける。

「なぜ起こるのかは、聞いていない」

そういえば、誰に聞いたんだろう？　ん〜、昔すぎて記憶があやふやだな。でもドラゴンの事なのだから、ドラゴンに聞いたと思うんだが。

「知らなければ、防ぎようがないな」

「防ぐ？」

ガルガを見ると、眉間に深い皺を作っている。

「あぁ、この星全体に影響が及ぶなら『もしも』を考えておくべきではないか？」

そういうものか？　でも、

「何をしても無駄だろう。我の持っている全ての力が爆発するんだぞ？」

あっ、ガルガに睨まれた。

「原因を本当に知らないのか？」

「あぁ、聞いてない」

断言すると、ガルガが頭を抱える。

不思議な奴だな。どうして来るかも分からない事で、そんなに心配できるんだろう？　「もしも」を考えて？　「もしも」が来たら、終わりだ。間違いなく。

「あの…………」

バズを見る。

「ルクスさんは、その事を誰に聞いたんですか？」

「そうだ。そんな重要な事を誰に聞いたんだ？」

バズの質問にガルガも首を傾げる。

「ドラゴン仲間にだな」

「「えっ？」」

なぜか驚いた表情をする二人。

「どうした？」

「ルクス以外のドラゴンがいるのか？」

興奮気味のガルガに少し体が引く。

「今はいない。過去にいたんだ」

我にドラゴンの知識を教えてくれた者。名前は…………忘れた。

「過去？」

「あぁ。我が生まれた時には、多数のドラゴンがこの星にいた。今は我だけだ」

そういえば、ドラゴンたちはこの星を去って行く時に何か言っていたような…………なんだっけ？　結構重要な事だと思ったんだけど、思い出せないな。思い出せないという事は、そんなに重要ではなかったという事か？　いや、昔すぎて忘れただけかもしれないな。

「あっ！」

そうだ。忘れると思ったから、石板に言葉を刻んで封印したんだ。あれは、どこだっけ？

「どうした？」

「ドラゴンたちから聞いた重要な事を、石板に刻んで封印した事を思い出したんだ」

「重要な事？」

ガルガが神妙な表情で我を見る。

「そうだ。時間経過は記憶をあやふやにするからな。だから、忘れてしまった時のために、石板に残したんだ。ただ、その石板をどこに封印したのか忘れた」

「…………」

呆れた様子で二人に見られているが、気にしない。時間というのは、恐ろしいものなんだ。どんなに覚えていようとしても、忘れていくからな。うん、我は悪くない！

「あっ、力の暴走について石板に残した可能性はないですか？」

バズを見る。

「どうだろう？」

石板に刻んだ言葉…………言葉…………。

「まったく思い出せない」

「石板の事を思い出しただけで凄いのかもな」

「そうかもしれないですね」

二人からの視線を無視して、石板について思い出せる事がないか考える。確か、この世界とドラゴンの関係について書いたような気がする。うん、そうだ。とても重要な事だったので、面倒くさかったが石板に残したんだ。

「その石板に残した内容は、重要なのか？」

「かなり重要だ。ドラゴンの姿で石板に文字を刻むのは大変なのに、その当時の我は書き切ったんだからな」

自慢気に言うと、ガルガに呆れた表情を向けられた。なぜだ？　たぶん、その当時の我は凄く頑張ったのに。

「それで、どの辺りに封印したのか何か思い出せたのか？　些細な事でもいいぞ」

ガルガの言葉に、記憶を思い出そうと頑張る。頑張るが、残念ながら何も、思い出せそうにないな。

封印した石板とドラゴンの秘密

「あっ、滝だ！」

そうだ、思い出した。滝の後ろにある洞窟に封印したんだ。

「滝？　ドラゴンの森に滝があるのか？」

「ないのか？」

記憶では大きな滝があったはずなんだけど。でも、この記憶はかなり古い。もしかしたら今は、滝がなくなっているかもしれないな。

「ドラゴンの森については、分からない事が多い。地図もないしな」

地図もないのか。あれ？

「リーガスが地図を作っていたと思うが」

確か数年を掛けて、この森を調べていた。

「そうなのか？」

「あぁ」

「地図はあるのか。でもそれは、この森を守る獣人たちしか見られないだろうな」

森を守る獣人たちだけか。んっ？

「我もダメなのか？」

「あっ…………ルクスは問題ないな」

我の言葉にハッとした表情をするガルガ。

「そうだよ。ルクスがいるんだから、その地図を見る事が出来るはずだ。よしっ、明日はこの辺りにいる獣人に会いに行こう」

楽しそうに言うガルガにバズが視線を向ける。

「あの、僕も一緒でいいのでしょうか？」

「あぁ、大丈夫だろう」

ガルガの言葉にホッとした様子のバズ。

彼はいろいろな事が心配なんだな。その場になってみないと答えなど出ない事を心配するなんて、我には考えられない。

「出来たぞ」

ガルガが三人分のコップに朝食のスープを入れて持ってくる。

「ありがとうございます」

嬉しそうに受け取るバズ。

「次は僕が作ります」

バズを見ると少し恥ずかしそうに笑っている。

「バズは料理が出来るのか？」

「はい。ガルガさんほどおいしくは作れないかもしれないですが」

ガルガから受け取ったスープを飲む。

「…………薬草が多いのか？」

「薬草って…………まぁ、正解だけどな。朝だからさっぱりした味にしたんだ」

薬草の味が濃いのは当たったな。さっぱりした味？

「…………まぁ、言われればそうだな」

我を見たガルガが小さく笑う。バズは、少し驚いた表情をしている。

「どうした？」

「いえ、結構さっぱりした味なので」

「そうだな」

それがどうかしたのか？　我がバズを見ていると、彼が困った表情をする。それに首を傾げる。

「すみません」

バズが謝った？

「ルクス。バズが困っているぞ」

「なぜ？」

我が困らせているのか？　そんなつもりはないのだが。

「ルクスの味音痴に驚いてると、睨まれたからだろうな」

「睨んだ覚えはないぞ」

「いや、ちょっと睨んでいたぞ？」

指で目元に触れる。睨んでいたのだろうか？

「よく、分からない。バズ、我は睨んでいないぞ」

「はい。そうみたいですね」

バズとのよく分からないやり取りが終わると、スープを飲み切る。

「ごちそうさま」

おいしいかどうかは、まだよく分からない。ただ、なんとなく体が温かいな。

「よしっ。獣人を探して地図を手に入れるぞ！」

ガルガの言葉に、視線をある方向に向ける。

「獣人ならあっちにいるぞ」

我の言葉に、ガルガとバズが視線を向ける。

「そうなのか？　まったく気配を感じないけど」

「少し遠いからな」

だいたい五キロだな。

「行く方向も決まったし、行こうか」

ガルガの言葉に頷くと、五キロ先の獣人の下に向かう。

んっ？　森に張った結界が発動した？　これは、攻撃を受けたので反撃したみたいだな。誰なのか知らないが、無駄な事を。


歩き始めてそろそろ一時間かな。ゆっくりだから、獣人に会うにも時間が掛かるな。

「ルクス。本当にこっちで大丈夫か？」

ガルガが心配そうに我を見る。

「あぁ、そろそろ気配を感じるのではないか？」

「そうか？」

ガルガが歩く先を見る。そしてハッとした表情をした後、安心した様子になった。

「まさかここまで離れていたとは思わなかった」

そういえば、どれくらい距離があるのか言い忘れていたな。まぁ、もういいか。

「止まれ！　お前たちは誰だ？」

武器を持った獣人たちが目の前に現れると、ガルガが両手を上げる。

「俺たちは、敵ではない。俺はガルガ。ドラゴンのルクス。あと……………仲間予定のバズだ」

バズの説明に笑ってしまう。

そこまで正直に言う必要はないだろうに。

「おい、ドラゴンと言わなかったか？」

「言ったよな？　ほんとにドラゴン様なのか？」

ドラゴンという言葉に反応した獣人たちから、戸惑った声があがる。

「アグーから何か聞いていないか？」

「森の賢者様からはドラゴン様が目覚められたとは聞いたが。本当に？」

疑うような視線を向けられると苛立つな。

「ドラゴンの姿を見せればいいのか？」

我の言葉に、先頭にいる獣人が戸惑ったように頷く。

「分かった」

「あっ、ちょっとま――」

ガルガが何か叫んでいたが、気にせず獣人の姿からドラゴンの姿に戻る。

バキバキバキバキッ。

「あぁ、また！　あっ、やばい！」

「服！　ルクスさんの服！」

すぐに獣人の姿に戻り獣人たちを見ると、全員が地面に座って頭を下げていた。

「申し訳ありませんでした。ドラゴン様を疑ってしまい」

先頭の獣人の体が震えている。怖がっている様子だ。

「気にする必要はない。頼みが――」

「全員、そのまま。獣人たちは頭を上げるなよ！」

ガルガの言葉に首を傾げる。

「地図を頼まないのか？」

「その前に服だ」

あぁ、そうだったな。バズが視線を逸らしながら我に服を差し出す。

「ありがとう」

服を着ると、バズが安心した表情で我を見た。

「はぁ、毎回こうなるのか？」

ガルガが疲れた表情で我を見る。

「ん〜、毎回こうだと面倒だな」

服が破れない方法はないのか？　記憶の中に解決策があればいいけど…………あぁ、あった。

服に自動出し入れの魔法というものを掛けておけばいいらしい。

「なんだ、簡単だな」

今着ている服に魔法を掛ける。

「もしかして解決策があったのか？」

頷く我を見て、ガルガの表情に安堵が浮かぶ。そんなに大変だったのか？　服を差し出すだけなのに？

「あの、もういいでしょうか？　我々が出来る事でしたら、なんでも致しますが」

先頭の獣人が恐る恐る我を見て、ホッとした表情を見せた。

「そんなにかしこまらなくていいぞ」

「いいえ、ドラゴン様は我々にとって最上の存在ですので」

最上の存在ね。面倒だな。

「お前たちは、森の地図を持っているか？」

「はい。とても大切なものですので、厳重に管理させていただいています」

「その地図を見たいんだけど、いいか？」

「分かりました。すぐにお持ちいたします。こちらでお寛ぎください」

獣人たちが用意した椅子に座り、しばらく待つ。

「どうぞ」

慌てたのか、少し髪の乱れた獣人が我の前に地図を広げた。

「滝は…………」

ガルガが地図に書かれた滝を指す。

「三ヵ所ですね」

バズが我を見る。

「滝以外に思い出せる事はありますか？」

滝以外？

「滝の後ろに洞窟がある。滝の近くには…………んっ？」

滝と洞窟以外に、何も思い出せないな。何かあったような気もするんだが。

「思い出せないいんだな？」

「あぁ」

ガルガが我の言葉に、少し困った様子を見せる。

「仕方ない、三ヵ所を近い順に回って行こう。時間もあるし問題ないだろう」

「分かりました。この場所は、えっと？」

地図を持ってきた獣人が、現在地をバズに教える。彼はそれに「ありがとうございます」と言うと、滝の方角や距離を確認した。

「よしっ。覚えました」

「俺もだいたいの位置は確認した。ところでルクス」

「なんだ？」

ガルガに視線を向ける。

「ルクスはなぜ、地図を確認しないんだ？」

「二人が覚えるなら、我は必要ないだろう？」

不思議そうにガルガを見ると、なぜか溜め息を吐かれた。バズは、隣で小さく笑っている。

「まぁいいか。一番近い滝は、ここからだと約七キロメートルだな。行こうか」

地図を見せてくれた獣人にガルガとバズが丁寧にお礼を言うと、滝に向かって出発する。


「ドラゴンの森は、なんだか綺麗な空気ですね」

しばらく歩いているとバズが不思議な事を言う。

「綺麗な空気とは？」

「えっと、どう言えばいいかな？」

バズが真剣な表情で悩みだす。

それを見ながら首を傾げる。

「澄んでいるという言葉が近いかな」

澄んでいる。つまり空気が濁っていないという事か。

「ドラゴンの森は、我の魔力が充満していて他者の魔力が抑え込まれている。だから、そう感じるんだろう」

「「えっ？」」

バズだけでなくガルガまで不思議そうに我を見る。

「なんだ？」

「今のは、どういう意味だ？」

ガルガを見ると、本当に不思議に思っているのか真剣な表情をしている。

「人間や獣人が沢山いると、彼等の魔力が空気に混ざる。でもこの森で流れる魔力は我のものだけ。だからこの森の空気が澄んでいるという感覚になるんだ」

「魔力が、空気に混ざる？」

んっ？　気になるのは、そこなのか？

「人間も獣人も絶えず魔力を微かに放出しているだろう？」

ガルガとバズの様子を見ると、目を見開いている。もしかして知らなかったのか？

「そうなのか？」

「あぁ、生まれた瞬間からわずかにだけどな。そして、それが空気中に放たれて他者の魔力と混ざる。ここは、我の魔力が強すぎて他の魔力を抑え込むというか食ってしまう。その結果一つの魔力で満たされた場所となった。ガルガたちが澄んだ空気と感じるのはそのせいだろう」

「なるほど」

ガルガが自分の手を見て、首を傾げる。

「どうした？」

「いや、魔力を放出しているというから意識して見たんだが、分からないものだな」

まぁ、人間や獣人では感じる事が出来ないだろうな。

「あっ、見えてきましたよ」

バズが指す方を見ると、三本の滝が見えた。地図ではどんな滝なのか分からなかったが、ごつごつした岩を勢いよく水が流れ落ちている。

「初めて見る滝だな」

我の言葉にガルガが視線を向ける。

「つまり、探してる滝ではないんだな」

「あぁ、そういう事になるな」

我が探している滝は、かなり大きな滝だ。目の前にある滝の二倍の高さがあるだろう。

「少し休憩して、次を探そう」

「はい。それにしても綺麗な水ですね」

ガルガがお湯を沸かす準備を始めると、バズが近くに流れる川から水を汲む。

「魚がいる」

「どれだ？」

バズの傍で川を覗き込む。

あっ、いた。

「大きいな」

「そうですか？」

「あぁ、三〇センチメートルはあるぞ」

「えっ？」

我の言葉に、川を覗き込むバズ。

「そんなに大きくはないと思うんですが…………あっ！　あっちの魚ですか？」

んっ？　どうやらバズとは違う魚を見ていたみたいだな。

「うん。そっち」

「確かにあれは大きいですね。おいしいかな？」

「食べたいのか？」

ビックリしてバズを見る。バズは我の言葉に少し恥ずかしそうに笑う。

「魚が好きなんです。家では肉ばかりだったので」

「そうか。ガルガ、バズは魚が好きらしい」

話を聞いていたガルガが、我を見て溜め息を吐いた。

それに首を傾げる。

「夕飯を魚にしろって事か？」

「いや、報告しただけだが。魚料理が出来るのか？」

「ただの報告かよ。まぁ、出来るぞ」

「そうか。あれが欲しいのか？」

我が川に向かって手を翳《かざ》す。

「待て！　ルクス！」

なぜか慌てだすガルガ。

「なんだ？」

「なんだって、何をするつもりだ？」

ガルガの言葉に、バズも頷いている。

「魚を水から出そうと思って」

「あぁ、なるほど。ただ、まだ夕飯には早い。そしてここで釣っても、いや釣りなのか？　違うな、今はどうでもいい事か。あ～、落ち着け！」

混乱しているガルガを見る。

「大丈夫か？」

「大丈夫だ。つまり、ここで釣っても食べる頃には味が落ちているから待てって事だ」

「ここで食べないのか？」

「夕飯ではないのか？」

不思議そうに我を見るガルガ。

「夕飯には早いだろう？」

「「……………」」

ガルガとバズが困惑した表情で我を見る。

「だが、今魚を水から出そうとしただろう？」

「あぁ」

「それはいつ食べるつもりなんだ？」

「今だけど？　お茶請けだっけ？　焼き魚なんてどうだ？」

我は食べた事がないが。獣人たちが魚を食べていたのを、よく見た。まぁ食べていたのは夕飯が多いけど、別に今でもいいだろう。

「うん、そうか。お茶請けに焼き魚か。しかも三〇センチメートルの？　ちょっと違うかな」

えっ、そうなのか？　大きいから食べ応えがあると思うけどな。

「お茶請けは、お茶の味を引き立てるお菓子の事だから」

お菓子。

「魚でお菓子は作れないのか？」

我の言葉に、ガルガが頭を抱える。

「魚を使った骨せんべいとかあるな。でも、俺には作れないから」

「そうか。バズ、残念だったな」

「えっ？　僕ですか？　えっと、ガルガさんすみません？」

「ははっ。バズ、落ち着こう。謝る必要はどこにもないから。あと、次の滝で夕飯にしようか。その時に、ルクスは魚を提供してくれ」

「分かった。大きい魚がいるといいな、バズ」

「あははっ、そうですね」

なんだろう？　二人が疲れている。…………もしかして、我のせいか？

「ガルガさん、凄いですね」

「大丈夫だ。すぐに慣れて、きっと対応できるようになる」

二人の会話に首を傾げる。なんとなく我の事を言っているのは分かる。でも「対応」とは？

ガルガが淹れてくれたお茶を飲みながら、「対応」について考える。あぁ、我が人間や獣人の常識を知らないせいか？　今のお茶請けもどうやら間違ったみたいだし。…………まぁ、いいか。

「よしっ。次の滝に行こうか」

ガルガの一声に、出発の準備を始める。汚れたのはコップとお茶を作った小鍋だけなのですぐに準備は終わり、次の滝に向かって移動を始める。

「次が探している滝だったらいいですね」

「そうだな。ルクスの探している滝は、どんな滝だ？　横の幅とか高さとか」

前を歩く二人に視線を向け考える。

「高さは先ほどの滝の二倍だ。横幅も結構あったな。滝の上部はゴツゴツした岩に水が伝っていたが、滝の中腹からは水が落下している感じだ。中腹から岩が後ろに下がっているんだ。そしてそこに洞窟に入れる穴がある」

思い出せる滝の状態はここまでだな。時間が経っているので、形を変えている可能性もあるが。

「かなり大きな滝だな」

「そうみたいですね」

我の説明に二人が頷いた。そこから二時間ほど歩き続けると、微かに水の叩きつけられる音が聞こえた。

「水音だ」

「んっ？　ずっと川の音が聞こえていただろう？」

ガルガが我を見る。

「水の流れる音ではなく、叩きつける音だ」

首を傾げるガルガとバズ。

「そういえば、ルクスは耳もよかったな」

「あぁ」

ガルガとバズが、納得した表情をする。

「まだ遠いんだろうな」

「ははっ。そうですね」

遠い？　音が聞こえているから、それほど遠くはないと思うけどな。


「ルクスに水音が聞こえてから三〇分。ようやく俺たちに聞こえたな」

ガルガの苦笑にバズも苦笑する。

「見えた！」

「着いたぁ」

疲れた表情で座り込むガルガとバズ。滝までの道が、彼等には少し大変だったようだ。まぁ山に登ったり崖から下ったり、少し凸凹していたからな。

「ルクス。見た感じ、聞いていた滝のような気がするけど、どうだ？」

「あぁ。あの滝で間違いない」

「やったぁ」

ガルガが座ったまま両手を上げる。その隣でバズも安堵した表情を見せた。

川を覗き込む。いた、大きな魚。さっき滝の近くにいた魚より、大きい。

「ルクス。滝を調べよう。その後に魚を頼む」

まだだったか。

「分かった」

滝に近づき、上を見上げる。

「記憶にあるままの姿だ」

なんとなく声をあげたくなる気持ちを不思議に思いながら、滝の後ろに向かう。

「ルクス。あれが洞窟に入る穴だな」

ガルガが滝の後ろにある穴を指す。

「あぁ、あの穴から中に入れるはずだ」

水しぶきで服を濡らしながら、穴に近づく。

「水の迫力が凄いですね。僕、凄く楽しいです」

興奮しているのか、バズの声がいつもより弾んでいる。

「そうだな。俺も滝の後ろに来たのは初めてだから楽しいよ」

そうなんだ？　ガルガとバズを見る。確かに、二人は楽しそうだ。

「連れてきてよかった。…………んっ？」

どうしてそんな風に思ったんだ？　それに連れてきてなんて。用事があったから来たのに。

首を傾げる。

「ルクス、入るぞ」

「分かった。あっ、待った」

洞窟に入ろうとしたガルガを慌てて止める。

「どうした？」

「魔法を掛けてあるんだ。無断で入ると死ぬ」

「うわっ。死ぬとこだった」

ガルガが洞窟から離れる。

「入ってすぐ死ぬ事はないけどな」

「そうなのか？」

ガルガが洞窟の中を灯りで照らす。

「奥まで光が届かない。深い洞窟なのか？」

「空間が二つあって、奥にある空間に石板を封印したんだ。あれ？　骨がある」

「あぁ………あれは人間か獣人の骨だな」

手前にある空間に転がる、おそらく数人の骨。どうやらこの洞窟に侵入した者がいたようだ。

「目的はなんだろうな？」

「さぁ？」

洞窟に向かって手を翳し、洞窟全体に掛けた魔法を解く。

「どんな魔法を掛けていたんだ？」

「夢見る魔法」

侵入した者に夢を見せ、死ぬまで魔力を奪い続ける魔法だ。この魔法のいいところは、侵入した者の魔力を使うので我の魔力をほとんど必要としないところだ。

「夢？　どんな夢を見せるんだ？」

「彼等の希望が叶った夢だ。その方が上質な魔力を奪えるからな」

苦痛を与える夢はダメだ。魔力が安定しないし、そこから逃れようと夢から覚めてしまうかもしれないし。

洞窟内に入り、全体を眺める。

「十九人いますね」

バズが骨の数を数えたようだ。

「そんなにいたのか」

十九人分の魔力か。そうとうな量になっただろうな。

「本当に多いな。どうしてこの洞窟に来たのか、彼等の持ち物から分かればいいが」

ガルガとバズが、散らかっている荷物を確かめる。だが、どれも古く原型を留めていないものも多い。

「紙があります。あぁ、ダメですね。ボロボロだし、風化して読めません」

バズが残念そうに言うと、ガルガも諦めた様子を見せる。

「こっちも全滅だ」

彼等がここに来た理由は、我も知りたい。何か方法は…………あっ、沢山ある記憶の中に記憶を復元する魔法がある。どうやらこの洞窟の記憶を、見られるようになるみたいだ。

「この洞窟の記憶を呼び起こす」

「「えっ？」」

ガルガとバズが不思議そうに我を見る。それを視界の隅に入れながら、記憶の中で見た魔法を唱える。

魔力がかなり必要みたいだな。まぁ、膨大にあるから大丈夫だろう。

「うわっ。彼等が、この骨の持ち主か？」

洞窟内に浮かび上がった者たちに声をあげるガルガ。バズは驚いたのか、とっさにガルガの後ろに隠れた。

「んっ？」

「ごめんなさい。怖くて」

「ははっ、気にするな。でもこれは大丈夫だ。昔の洞窟内を映し出しているみたいだから」

ガルガの言葉に、バズが彼の横に並ぶ。そして、洞窟内に現れた者たちを見て頷いた。

「人ですね。あっ、獣人もいるみたいです」

バズが指す方を見ると、確かに獣人がいる。

「こいつ等の服に付いている紋章。これはメディート国に属するガード侯爵家の紋章だ。どうして獣人を嫌う彼等と獣人が一緒にいるんだ？　獣人の様子から怖がっているようではない。

どちらかといえば、獣人が命令をしているように見えるな」

「ガルガさん。獣人の彼が持っている紙の内容を読めますか？」

ガルガが眉間に皺を寄せ、獣人の手元を見る。

「この辺りの地図だ。それと、この洞窟に巨大な力を持つ遺跡があると書かれてある」

ガルガの位置より、我の方が読めるので声を出して内容を伝える。

「つまり、こいつ等は石板を探しに来たという事か」

そうなるな。この森の地図を持っているという事は、リーガスを裏切った獣人がいるんだな。

「石板の事を誰かに話したか？」

「いや、今まで話した事は………」

ないと言いたいが、どうだったかな？

「昔の事だから覚えていない。だが、石板を見られたら面倒な事になると思っていたから話していないはずだ」

我の言葉に二人が深く頷く。なんだろう？　その態度に、ちょっと不満を感じるんだが。

「どうして、バレたんでしょう？」

「さぁな。それは考えても分からないかもしれないな」

バズの疑問にガルガが首を横に振る。

「それより問題はこの紋章だ」

ガルガが侵入者の服の一部を指す。

「ガルガさんは、この紋章が使われている侯爵家をご存じなんですか？」

「あぁ、メディート国では有名な家だ。なんせ、王族騎士団の団長の紋章だからな」

ガルガの言葉にバズが目を見開く。

「王族騎士団ですか？」

「そうだ」

「つまり、ルクスさんの石板についてメディート国は知っているという事ですよね？」

「そうなると思う。ドラゴンの森を攻めたのも、この石板を狙っているからかもしれない」

なるほど、そういう考えになるのか。つまり、メディート国はこれからも石板を求めてこの森を攻めてくる可能性が高いという事だな。

「面倒だな」

この森は結界で守るから問題ない。でも、結界に触れると我に伝わる。それが何度も、何度もとなると…………鬱陶しい。

「ルクス」

「なんだ？」

「お前、何か悪い事を考えていないか？」

「いや。考えていないぞ」

まだ、考える前だった。だから、ガルガの言う事は間違っている。

「本当か？」

「あぁ、これから考えるとこだったからな」

「……………」

あれ？　ガルガもバズもどうして頭を抱えるんだ？

「それは、いや…………何を言っても無駄だな」

無駄とは失礼な。まぁ、ガルガの言葉は時々意味が分からないので、そう言われても仕方ないかもしれないけど。

「はぁ、メディート国の事については、俺に考えがある。だから何もするな」

「ガルガがそう言うなら仕方ない。しばらくは何もしないよ」

「あぁ、ありが…………んっ？　しばらく？」

ガルガの言葉に頷く。

「そうだ」

結界が次々と反応したら、苛立って攻撃してしまうかもしれない。だから「しばらく」と言っておこう。ガルガには嘘を吐きたくないしな。

「分かった。しばらくは不安しかないが、俺はやれる事をやるよ」

心配そうに我を見るガルガ。そんな彼に肩を竦めると、溜め息を吐かれた。

「あっ、倒れた」

バズの視線の先には、侵入者が次々と倒れる光景が広がっていた。だが、その倒れた者たちは皆笑っている。

「気持ち悪いな。どんどん細くなっていくのに笑っているのは」

細くなるのは仕方ない。栄養を取らず魔力を吸い取られていっているんだから。

「最期まで笑ってる」

それが「夢見る魔法」だからな。

「最期まで幸せのまま死ねたようだな。いい状態の魔力を吸い取って、洞窟の結界が強化されたみたいだ」

我の言葉に、ガルガの眉間に深い皺が出来る。

「侵入した者たちが悪いが、ちょっと憐《あわ》れだな」

そうか？　死ぬその瞬間まで幸せだったんだぞ？

「いい死に方だと思うけど」

「ん～、まぁ幸せのまま死ねるんだから、そうなのか？」

死ぬ姿は綺麗とは言えないけどな。

指をパチンと鳴らし魔法を終わらせる。分かった事は、メディート国の者が侵入した事と獣人が交ざっていたという事だな。

「ルクス。この場所はメディート国に知られているみたいだから、石板を移動させないか？」

ガルガを見ると、真剣な表情をしている。

「そうだな。知られているなら封印する場所を変えた方がいいだろうな」

でも、次はどこに封印しようかな？

洞窟の奥に行き、掌を壁に向け魔力を流す。壁に見えていたものに、次々とヒビが入っていく。

「洞窟の壁ではないのですか？」

バズが興味を引かれたのか、壁に近づく。

「洞窟の壁ではなく我の力で作った偽壁《にせかべ》だ。この偽壁に封印に必要な魔法陣を描いたんだ」

壁に魔法陣を描くと、外から壁を調べた時に魔力の流れで気付かれるかもしれなかったからな。

偽壁に描いた魔法陣に我の力を送り、魔法陣の一部を壊せば、
ガラガラ。

偽壁は崩れ、最奥の空間が現れる。

「あの中央にあるのが石板か？」

「違う。あれは偽物」

ガルガが我の言葉に驚いた表情をする。

「どうして偽物を？」

「この空間に入った者は、それなりに力のある者だ。我の偽壁を壊せるぐらいには。そんな者が石板を手にしたら、面倒…………大変な事になると思ったからだ」

「面倒事を避けるためだな」

「…………」

その通り。あと、凄く暇だったからいろいろこの洞窟に手を加えたんだったな。その一つが、偽の石板作り。あれは、ちょっと楽しかった。

「で、どこに本物の石板があるんだ？」

「…………どこだっけ？」

ガルガとバズが我を見る。うん、ちょっと呆れられているみたいだな。我も、ちょっと自分で呆れているから。

「えっと…………あれ？」

実は結界を無理矢理突き進むと、別の空間に繋がるようにしたんだよな。あっちの空間にも偽の石板があるけど、あっちはどうでもよくて。本物は、こっちにあるはずで…………。

「あっ！」

思い出した。

中央にある偽の石板に近づき手にする。偽の石板に施した攻撃魔法が我を攻撃するが、力でねじ伏せる。

「すっかり忘れていたけど、こんな仕掛けだったな」

偽の石板を横に放り投げると、石板が載っていた台座を蹴り上げる。

「おい、何をしているんだ？」

「んっ？　台座を割っている」

バキバキと台座が割れ崩れると、中から赤く輝く石板が姿を見せた。

「これだ」

本物の石板を手にすると、ガルガとバズを見る。

「綺麗な石板ですね。光ってる」

石板に手を置くと、文字が石板に浮かび上がる。

「凄いな」

ガルガが興奮した様子で、浮かび上がった文字を見る。

「これ、何語だ？」

「ドラゴンの間で通じる文字だ。読みたいなら、変換してやろう」

石板に浮かんだ文字が変わると、ガルガは喜々として読み始める。そして、どんどん顔色を悪くしていった。

「おい、どういう事だ？　ドラゴンがこの世界から去ると、この世界は崩壊するのか？」

えっ？　石板に浮かび上がった文字を読む。

「あぁ、そういえばそうだったな。この世界はドラゴンが作ったものだから、ドラゴンがいなくなると力が維持できず崩壊するんだった。前に言ったが、我が最後のドラゴンだ。他の皆は飛び去ってしまったからな」

石板を見たらいろいろ思い出したな。えっと、力の暴走については…………。

「どうしてドラゴンは、この星を去ったんだ？」

えっ？　どうして？

ガルガを見ると真剣な表情をしている。

「飽きたからだ」

「飽きた？」

「あぁ、この星の日常に飽きたんだ。我を育てている時は、日々に変化があって楽しかっただろう。でも我が育つと、その楽しさがなくなった。だから、変化や楽しみを求めて去ったんだ」

「そんな理由で、この星からいなくなったのか…………」

次々と浮かび上がる文字を追う。

「あった。えっと、最後の成長期？　あぁ、暴走は成体になる時に起こりやすいのか。我にはもう関係ないな」

成体になってから随分と時が経った。

「あとは、怒りを爆発させた時だって」

そういえばドラゴンが怒り狂って、自分の命を燃やす事があるらしい。あれが力の暴走を引き起こすという事か。

「そんなに怒る事態がなければ、力の暴走は起こらないだろうな」

「どういう事だ？」

ガルガを見る。まだ少し顔色が悪いけど、大丈夫だろうか？

「力の暴走の原因は『怒り』だ」

「怒りですか？」

バズが首を傾げる。

「そう。苛立ったとかではなく、我の命を燃やすほどの怒りを抱いた時のようだ」

そんな怒りを持つ時などあるのだろうか？　自分の事だけど、想像が出来ない。

んっ？　ガルガの表情が曇った。どうしたんだ？

「ガルガ。どうかしたのか？」

「いや、ん～」

悩むガルガをバズと見る。

「なんでもない。大丈夫だ」

ガルガの表情から「大丈夫」が嘘だと気付く。でも言いたくないのなら、聞かない方がいいんだろうな。

「そうか」

―元冒険者　ガルガ視点―

「そうか」と言ったルクスの表情を見て悩む。納得したのか、していないのか、ルクスの表情は読みにくい。もう少し表情に変化があれば、ルクスの考えている事が少しでも分かるのに。

それにしても、ドラゴンがこの星にとって最重要な存在だなんて。正直、驚いた。しかもルクスが最後のドラゴン。

だから気付いてしまった。ルクスがこの星にとってどれほど重要な存在なのかを。まぁ、本人は気付いていないようだから、とっさに「なんでもない」と誤魔化してしまったが。

「どうしたんですか？」

バズが不思議そうに、俺を見る。

「いや……………バズは気付いたか？」

俺はバズからルクスに視線を移す。それに気付いたバズは、微かに頷いた。

「彼女の重要性ですよね？」

バズの答えに小さく笑う。

「そうだ」

普通は気付くよな。

「まさかドラゴンに星を維持する力があるとは、考えた事もなかったよ」

バズはルクスを見る。そして俺に視線を向ける。

「ルクスさん、気付いていないですよね？　いや、気付いているけど興味がない？」

「えっ？」

「あのルクスさんですよ。知ったところで、気にすると思いますか？」

えっ「あのルクス」って、何気に酷い言葉だよな？

「バズ」

「はい。なんですか？」

「今、ルクスを、貶《おとし》める言い方をしたけど自覚ある？」

俺の言葉に、ビックリするバズ。まったく気付いていなかったな。

「まぁ、確かにあのルクスだから、気にしないだろうな」

「ルクスさん。死のうとしたんですよね？」

バズが心配そうに俺を見る。

「昔だ。今は、『友の希望』を叶えようと思っているから、大丈夫だろう」

メディート国の送り込んだ者が弱くてよかった。もし強かったら、既にこの星はなくなっていたかもしれない。

「あの、ルクスさんが幸せ探しに飽きたらどうします？」

「…………」

他のドラゴンは、この星に飽きたというだけで出ていった。ルクスだって飽きれば…………今度は死ではなくどこかに飛んでいく可能性もある…………のか？

「ルクスが出ていかないようにするには？」

バズを見ると、複雑な表情で考え込んでいる。

「何も思い浮かばないです」

「そうか。俺もだ」

顔を手で覆って溜め息を吐く。

「どうしたんだ？」

不思議そうに、ルクスが我を見る。

「いや、なんでもない」

ルクスは石板を手に首を傾げている。きっと隠し場所を考えているんだろうな。

「ガルガは、どこに隠すのがよいと思う？」

考えるのが面倒になったか？　その気持ちは、今の俺だったらもの凄く分かる。ルクスをこの星に留めておく方法なんてまったく思い浮かばないからな。だから、ルクスが「飽きた」というまでは、考えないでおこう。きっと今、考えても答えなど出ないから。

「そうだな。人や獣人が簡単には行く事が出来ない場所………絶壁の途中とか、か？」

うん、絶壁。とっさに答えたが、理想的な場所では？

「絶壁か。魔法で飛べば問題はないな」

ルクスに不可能な事ってあるんだろうか？

「あの、絶壁だと隠している時に見られるのではないですか？」

「あっ、そうだよな」

―ドラゴン　ルクス視点―

バズの指摘にガルガが腕を組んで悩みだす。

「隠し場所………人も獣人もいなくて、隠している時に見られなくて――」

「このままこの洞窟でよくないか？　もっといろいろ手を施せば、絶対に辿り着けなくする事が出来る」

ガルガが必死に考えているが、この場所が最適だと思う。場所が知られていたとしても、別の場所に誘導して偽物を手にすれば満足するだろうし。盗みに入る者は、本物と偽物の区別など出来るわけがないのだから。

「どんな罠を仕掛けるのですか？」

「別の場所に誘導するのが一番簡単だろうな。そこに偽物でも置いておけば、盗みに来た者は満足して帰るだろう。まぁ、そこに辿り着けたらの話だけどな。あぁ、帰り道もいろいろ仕掛けるのもいいかもしれないな」

「別の場所に誘導して偽物を渡す」

ガルガが頷くが、少し違う。

「偽物だとしても、簡単に渡すような事はしないぞ。確実に狙われていると分かったのだから」

あぁ、なんだか楽しくなってきた。どんな方法で、盗みに入った者たちで遊ぼうか。

「ルクス、あまり表情が変わらないのに、今は楽しそうだな」

えっ？

ガルガを見ると表情が引きつっている。彼をそんな表情にするほど、我が楽しそうに見えるのか？　まぁ、

「凄く楽しいな」

「こっわぁ」

何を言う。我は怖くない。人のものを、盗もうとするのが悪いのだから。たとえ、どんな理由があろうと。

「決まったら、さっそく作っていくか。まずは、本物を……この場所に湖を作るか」

「「えっ？」」

我の言葉に目を見開くガルガとバズ。

「よし、そうしよう。その湖に触れたら……呪いでも掛かるようにして、あぁそうだ。湖に引きずり込むのもいいな」

うん。そうしよう。

地面に手を当て、空間を広げる。あっ、崖が崩れないように魔力で補強して、湖の大きさは空間の半分。

「出来た」

「凄すぎます。もう、何を言っていいのか分かりません」

「そうだな。俺も今目の前で起こっている事が信じられないよ」

バズの言葉とガルガの言葉を聞きながら、湖に呪いを施す。水に魔力を流し、近づいた者を襲うように指示を出す。

「完璧」

あとは、手に持っている本物の石板を作った湖の中央に放り投げる。

「うわっ。大雑把」

「んっ？」

ガルガを見ると、ボチャンと音を立てた湖を見ている。

「どうした？」

「なんでもない。というか、もう罠を作り終えたのか？」

近づいてこようとしたガルガとバズを手で制する。

「近づくと、湖に引きずり込まれるぞ」

ぴたりと止まる二人。そして、後ずさる。息が、ぴったりだな。いつの間にそんなに仲良くなったんだ？

「次に、別の空間はどこが良いかな？　別の場所…………別の場所」

知っている場所は、リーガスの墓のある崖。あそこは却下。

あっ！　ゴーレムがいた場所に、大きな岩があったな。あの下に、空間を作りそちらに誘導するようにするか。あの岩の周辺には、何があったかな？

「ここから出よう」

「分かった。これから何をするんだ」

ガルガが興味津々に聞いてくる。その隣にいるバズの表情も楽しそうだ。

「楽しいのか？」

さっきまで驚いていたのに。

「あぁ、次は何を見られるのか楽しくなってきた」

ガルガの言葉にバズが頷く。

楽しくか、それなら少し派手目にやろうかな？　あっ、ダメだ。これは極秘で進める必要があるんだったな。

「それで何をするんですか？」

「誘導する場所を整えて、偽物の石板を置くつもりだ。最後に、誘導場所とこの場所を繋げて終わりだ」

洞窟から出るために最初の空間に戻る。転がっている骨を燃やし灰にすると、湖がある空間を偽壁で隔てる。その偽壁に結界を施す。前回同様に、無理矢理結界を突き進むと別の空間に誘導させるように魔法を掛ける。

「場所の指定は後でするとして…………夢魔法はこのままでいいか」

随分と役に立つみたいだからな。

「待て」

夢魔法を掛け直し、洞窟から出ようとするとガルガから声が掛かった。彼を見ると、険しい表情で洞窟から外を見ている。

愚か者と辺境の地

「ここを窺っている獣人がいる」

岩陰からガルガが指す方を見ると、木の後ろに獣人が隠れていた。

「複数いますね」

バズが、ガルガが指した方向とは違う方を指して言う。

「本当だな。武器も持っているようだ」

「何が目的でしょうか？」

バズの言葉にガルガが首を横に振る。

「ドラゴンであるルクスを襲おうとする事はないだろう。あと考えられるのは、俺とバズを狙っている可能性だな。でも、どうして狙われるのかは考えても分からないが。バズは何か思い当たる事があるか？」

バズがすぐに首を横に振る。

「ドラゴンの森に来たのは初めてです。だから、思い当たる事は何もありません」

「そうだよな」

ガルガとバズが考え込んでいる姿を見る。こちらを窺っている獣人に視線を向ける。

「邪魔だな」

排除するか。

「待て、ルクス。頼むから今は何もしないでくれ」

「なぜ？」

鬱陶しいのに。

「彼等の目的が知りたい。いろいろと聞きたいから、灰にされると困る」

ガルガが真剣な表情で我を見る。

いろいろ聞きたいのか。でも、全員が生き残る必要はないよな。一人か二人いれば、話は聞ける。

「こちらを窺っている獣人の中には、命令されて従っている者もいるだろう。その者たちは、目的を知らない場合がある。だから、今は全員を生かしておかないとダメだ。指示を出している者が分かれば、あとはルクスの好きにしていいから。とりあえず今は動かないでくれ。俺が動くから」

仕方ない。ここからでは、目的を知っている獣人なのか、それとも知らない獣人なのか分からない。

「分かった」

「ありがとう。さて、どう動くかが問題だな」

「ガルガさんは、ルクスさんには甘いですよね」

「甘い？　ガルガに舐められた事はないが？」

「「……………」」

どうして二人して、溜め息を吐くんだ？　何か間違っただろうか？

「甘い？　あぁ、分かった。態度の事か？」

我の言葉にバズは頷く。

「はい、そうです。ルクスさんが攻撃するのを止めるのかと思ったら、あとは好きにしていいとか。完全に甘いと思います」

「別に甘くはないだろう。我の行動にいろいろ言う者は、ガルガが初めてだぞ」

リーガスもあまり言わなかったな。何度か「加減しろ、馬鹿」とは言われたが。

んっ？　なんだか胸がもやもやする？　なんだ、これは。

「そうなんですか？」

落ち着いた。今のは、なんだったんだ？

「あぁ、そうだ」

「そうなのか」

我を見て、嬉しそうに笑うガルガに首を傾げる。

「あっ、動き出したぞ」

ガルガの視線が、木々に隠れながら移動する獣人に向く。

「数は全部で六人か。困ったな。この洞窟から出ていくところを見られてしまう」

「出ていくところを見られないようにすればいいのか?」

我の言葉に、ガルガが視線を向ける。

「出来るのか?」

「転移すればいいだけだろう?」

我の言葉に、乾いた笑いを見せるガルガ。

「転移は、難しい魔法だから思いつきもしなかった」

難しい魔法か。

「まぁ、失敗したら『ぐしゃっ』となるらしいからな」

我は失敗した事がなく、見た事はないが。

「えっ?」

ガルガが目を見開く。

「ぐしゃっとは、なんですか?」

バズは首を傾げ聞いてくる。

「体がぐしゃっと潰れて、肉の塊になる事があるんだ。さてガルガ、どの辺りに転移する?」

ガルガを見ると顔色が悪い。

「ルクス。お前はわざとなのか？　そうなんだろう」

「んっ？　何がだ？」

意味が分からずバズを見る。

「どうしたんだ、ガルガは」

「えっと、ぐしゃっとなる可能性があると分かって転移するのは怖いです」

「あぁ………なるほど」

どうやら我の話が、ガルガを怖がらせてしまったようだな。

「ガルガ、大丈夫だ。ここから見える範囲に転移するぐらいで失敗などしない」

ぐしゃっと失敗するとしたら、馴染みのない場所に無理矢理転移した時ぐらいだ。それだって、数十回に一回ぐらいだろう。

我は体が強いから失敗しても潰れる事はないが、ガルガとバズを見る。そうか。彼等だとぐしゃっと潰れるかもしれないのか。

「気を付けるし、安心しろ」

おかしい。自信満々に言ったのに、なぜ不安そうな表情になるんだ？

「まぁ、ここにずっといる事も出来ないしな。えっと………奴等の一番後ろに頼む」

ガルガの指した方を見る。

こちらを窺っている獣人たちの中でも一番体格のいい獣人の後ろか。あれは、熊の獣人だな。

力が強く、叩き潰すのが得意だ。

「ガルガさん。熊の獣人が腕を振り上げたら、気を付けてください。彼等の腕力は凄いですから」

バズは、熊の獣人をよく知っているみたいだな。

「分かっている。俺も冒険者だったから、獣人の特徴は頭に入っている」

「問題ないなら、転移させるぞ」

「あぁ、頼む」

ガルガの表情が強張っているが、大丈夫か？

ガルガに手を翳し、目的の場所を見て転移魔法を発動させる。目の前にいたガルガは消え、熊の獣人の後ろに姿を現した。

「よかった。ぐしゃっとなりませんでしたね」

この範囲で失敗などありえないのに。失敗の話をしたのは、ダメだったのかな？

「バズもガルガも心配性だな」

まぁ、簡単に潰れる可能性のある体を持っていると、そうなるのかな？

「ぐわぁ」

洞窟の外から叫び声が聞こえ視線を向けると、熊の獣人が倒れていた。驚いて動かない獣人を次々と倒していくガルガ。

「ガルガさんは、強いんですね」

「そうだな」

ガルガはどうやら意識を奪っているだけのようだ。我には出来ない方法だな。

「どうやったら死なずに意識だけを奪えるんだ？」

「えぇ～………………やっぱり、力加減だと思います」

困った表情をするバズ。

「力加減か」

ガルガにも言われているな。力加減を覚えてくれと。覚えた方がいいのだろうか？

最後の獣人を倒したガルガを見る。その様子を、目をキラキラさせて見ているバズを見る。

彼等と共に旅をするなら、必要なのかもしれないな。

ガルガが我らに向かって手を振る。

「行きましょう」

「そうだな」

バズと共に洞窟を出てガルガの下に行く。彼の傍には、七人の獣人。

「六人ではなかったのか？」

「あぁ、あそこからでは見えない場所に隠れていた」

ガルガが一人か二人隠れる事が出来る岩を指す。

「そこで、これを見つけた」

ガルガが見せてくれたのは、ある紋章が刻まれた紙。

「この紋章は、映像で見たものと同じだな。ガード侯爵だったか？」

「そうだ。奴の紋章だ」

ガルガが紙に書かれている内容を読むように促したので、目を通す。

「森で混乱を引き起こす？」

「あぁ、ルクスが目が覚めた時に森が襲われていただろう？」

目が覚めた時というか、あの騒々しさで目が覚めたんだが。

「あぁ」

「守りを固めていた獣人が混乱したのは、どうやら内部でこいつ等が何かしたんだと思う」

「つまり、この獣人はガード侯爵側の者。私たちの敵ですね」

バズの言葉に、ガルガが頷く。

「そうなるな。でもどうしてガード侯爵に手を貸すんだろうな。奴は獣人を毛嫌いしている。手を貸したところで、見返りなどないと思うが。もしかしたら弱みでも握られているのか？」

「もしかしたら人質かもしれないですよ」

ガルガとバズの話を聞いていると、獣人の一人が不審な動きをした。ズボンから、何かを取りだそうと手が動いている。

「何をしている？」

ズボンのポケットに手を入れようとしたので、足で踏みつけ聞く。

ゴキッ。

あっ、ちょっと力を入れすぎた。

「うがぁぁ。くっ」

起き上がり腕を押さえる獣人。

「ルクス、もう少し優しく踏まないと折れたじゃないか」

難しい。

我の様子を見て笑ったガルガは、呻《うめ》いている獣人の頭を掴む。

「さて、話を聞かせてもらおうか」

「離せ！　クソが！」

ガルガを睨む獣人が、彼に唾を吐く。頬に付いたそれを手の甲で拭うと、ガルガは獣人の頭を地面に押さえつけた。

「今、その態度はダメだろう。あっ、バズ」

「はい、なんでしょうか？」

「倒れている奴等を紐で縛ってくれ。起きて暴れられると面倒だから」

「分かりました。あの、ガルガさん」

「なんだ？」

「俺も少しは戦えますよ。一応、騎士の訓練を受けてきたので」

少し嫌そうに話すバズに、ガルガが笑う。

「どうしても手を借りないとダメな時は借りるよ。今は、まだ大丈夫だ。ありがとう」

「はい」

バズは意識がない獣人たちを縛りあげていく。その縛り方をガルガが見て、小さく笑った。

「どうした？」

「いや、さすがだと思って。それぞれの獣人に合った縛り方をしている」

獣人によって縛り方が違うと思ったけど、合わせていたのか。

「よしっ。出来ました」

「ぐっ。くっ。腕を離せ」

んっ？　呻いている獣人を見る。ガルガは頭だけではなく、我が痛めた腕も押さえていたのか。

「話す気になったか？」

「ぐっ…………何を、聞きたい？」

苦し気に言う獣人。ガルガは少し力を抜くと、頭を地面に押さえた状態で聞きだした。

「ガード侯爵に雇われているのか？」

「…………うわっ。ぐっ、そうだ！」

答えない獣人の腕に足を乗せるガルガ。

「なぜだ？」

「金だ！　協力しただけ金をくれる！」

「ガード侯爵は獣人を嫌っている。協力して金が手に入っても、殺されるかもしれないのに？」

「はっ。契約した。協力すれば、俺たちに地位をくれると。契約した以上は裏切られる事はない」

契約か。

「そうか」

ガルガが不審そうな表情で獣人を見る。

「ここにいる全員が契約しているのか？」

「はっ、まさか」

「全員ではないのか。その契約について、ばらしても契約違反にならないんだな」

「それだけ信頼されているからな。なぁ、お前もどうだ？　お前もガード侯爵に付かないか？　言っておくが、この森はいずれ奴のものになるぞ。それは絶対だ。ドラゴンが目覚めたとか馬鹿な事を言っているが、そんな存在なんていない。目が覚めたというなら、俺たちの前に姿を見せてみろっていうんだ」

獣人の言葉に、ガルガとバズが我を見る。

「この姿だと、やはりドラゴンとは見られないんだな」

「それは当然でしょうね。見た目が、まったく違いますから」

「今の我には、ドラゴンらしさがないのか」

どこかにドラゴンの特徴でも出しておこうか。鱗だと、別の獣人だと思われるよな。そもそも鱗は首にあるし。あとは羽か？　いや、羽は邪魔だな。

「そのままでいいぞ」

ガルガを見ると、笑っている。

「そうか？」

「あぁ、そのままでいい。バズもそう思うだろう？」

「はい」

そうか。このままでいいのか。

「くそっ、いい加減に離しやがれ。おい、お前たちも考えろ。獣人側にいても、どうせ無残に死ぬだけだ」

ガルガが離さないと分かると、獣人は我とバズを見る。

「本当にドラゴンがいたらどうしますか？」

バズの言葉に、獣人がおかしそうな表情をする。

「だったら俺の前に連れてこい。連れてきたら信じてやるよ」

馬鹿にしたような獣人に、バズが我を見る。それに頷き元の姿に戻る。

バキバキバキバキッ。

本来の姿に戻ると、獣人を見下ろす。

まさか獣人が、白目をむいてひっくり返っているとは思わなかったな。

さっきまでの勢いはどうしたのだ？　バズでもそんな無様な姿をさらさなかったのに。情けない。

「ひぃぃぃぃぃぃいいいい」

どうやら、ガルガに眠らされていた別の獣人が目覚めたらしい。そして我を視界に入れたのだな。

「うるさい」

姿を獣人に変えると、今も叫んでいる獣人の頭を掴み持ち上げる。

「おっ、ルクスが獣人に戻っても服を着ている！　成功したんだな」

「本当だ、裸じゃない。よかったですね、ガルガさん」

「あぁ、木はなぎ倒したけどな」

「ははっ、それぐらいはいいではないですか」

チラッとガルガとバズを見る。なんだか楽しそうだな。獣人に視線を戻す。

「我はうるさいのは嫌いだ。黙れ」

無言で何度も頷く獣人。手を離すとどさっと地面に転がった。

「んっ？」

なぜかもぞもぞと這いつくばって動く獣人。その不思議というか不気味な動きに引く。

「逃げようとするな」

動いている獣人の背に足を乗せる、ガルガ。

あぁ、逃げようとして、でも縛られているから不気味な動きになっていたんだな。

「上手く縛れたみたいでよかったです。ヘビ獣人の結び方は少し難しいんですよね。関節が異様に柔らかいですから。しかも元の姿に戻らないように、縛らないとダメなので」

バズの言葉に首を傾げる。

「そんな縛り方があるのか？」

「はい。それぞれ弱点という場所があり、その場所をギュッと縛り付けると元の姿に戻りにくくなるんです」

知らなかった。

「我にもあるのだろうか？」

「どうでしょうか？　ルクスさんの場合は…………」

「なんだ？」

バズが少し困った表情をする。

「縄ぐらいだと、力で引き千切りそうですよね」

あぁ、そうだな。元の姿に戻る以前に、そうなるだろうな。

「ドラゴンはヘビともトカゲとも違いますよね？　弱点はどこなんだろう？」

バズが我の首の辺りを見る。もしかして首の辺りがヘビやトカゲの弱点か？

「楽しそうな話をしているが、こっちを先に終わらせよう」

ガルガが呆れた様子で我とバズを見る。

「そうですね。すみません」

バズが小さく笑うと、震えている獣人に視線を向ける。

「さてと、いろいろと聞きたい事がある。ドラゴンを怒らせたくなかったら、素直に話してくれよ。お前もガード侯爵と契約をしているのか？」

ガルガの質問に獣人がふるふると首を横に振る。

「お、れ、俺は、ちが、う。それ、にガード侯爵と契約は、誰もしていない」

話していると少し落ち着いたのか、スムーズに話し出す。聞きづらかったのでよかった。わざとなのかと、殴りそうになった。

「んっ？　あそこで白目むいている奴はガード侯爵と契約したと言っていたが？」

「最初はそう思った。でもよく考えると違った。契約した相手は、ガード侯爵が紹介した人物だった」

　獣人の言葉にガルガが溜め息を吐く。

「どうしたのですか？」

「ガード侯爵の獣人嫌いは筋金入りだ。だから、疑問だったんだ。森を手に入れるためとはいえ、獣人と契約したというのが。でも分かった。奴は最初から獣人を使い捨てにするつもりだ」

「でも契約をしているんですよね？　ガード侯爵とはしていないとはいえ、彼の紹介した人物と」

「おそらく紹介したのは、奴が用意した捨て駒だ。いつ死んでもいい者たちだ」

　獣人も人間も使い捨てか。ガード侯爵という人物は、ずいぶんと傲慢で横暴なようだ。

「そんな、金は？　地位はいらないけど金は？」

　ガルガの話を聞いていた獣人が慌てた様子を見せる。

「奴が獣人に金など払うわけがないだろう。まぁ、森を手に入れるまでは払うかもしれないが、目的が達成されたら、お前たちを殺して回収するだろうな。言っておくが、奴は非道だ。お前たちの家族も一緒に処分されるからな」

　ガルガはガード侯爵をよく知っているみたいだな。ただ、奴の話をしている時の表情を見る限り、もの凄く嫌いみたいだが。

「嘘だ。だって、金をくれて守ってくれるって。だから、家族が反対したけど…………嘘だ」

地面に頭を打ち付け嘘と叫ぶ獣人。

うるさいな。さっき言った事を、もう忘れているみたいだ。

手を伸ばすと、ガルガに止められた。彼を見ると、首を横に振る。

「なぜ?」

「まぁ、悲しむぐらいはさせてやろう」

「……分かった」

うるさく泣く獣人から少し離れる。そうしないと、足で蹴り上げそうだ。

「ルクス」

ガルガが我のところに来て険しい表情を見せる。

「なんだ?」

「持ち物を調べたが、奴等は森に住む獣人のようだ。他にも、裏切り者の獣人がいるかもしれない。ルクスの力で調べて欲しいんだが」

「無理だな」

「えっ、無理なのか?」

ガルガが驚いた表情で我を見る。出来ると思っていたようだが無理だ。いや、もう少し考えてみるか。沢山ある記憶の中に、方法があるかもしれない。…………ダメだ、この森で出来る方法はない。

「森を守る結界は利用できないか？」

「森は、我の力が満ちている状態だ。そこに住む獣人にもかなり影響を及ぼしている」

「えっと、つまり？」

不思議そうな表情をするガルガに視線を向けて、どう説明すればいいのか少し悩む。

「我の張った結界が敵を排除するのは、彼等の持つ力が森を守る我の力と反発するからだ。どんなに言葉や表情で繕《つくろ》っても、森に対する嫌悪感や攻撃性など負の感情はなくせない。そしてそれが、敵の持つ力に少なからず影響を与えている。だから森はその力に反応できるのだ」

我の説明で理解できたのか不安に思い、ガルガを見る。

どうやら大丈夫のようだ。良かった。それにしても、説明とは難しい。あと必要な事は…………、

「森に住む者は、我の力の中で生活しているようなものだ。だから、負の感情が力に影響を与えようとしても、我の力より弱いから無効化してしまい反発する力がない。だから、森に住む裏切り者を見つけるのは不可能だ。あっ、森に長く住んでいたら、我の力の影響を受けて魔力が増えるはずだ。敵が強くなっている可能性があるかもしれない」

「えっ！　ちょっと待ってくれ。考えを纏めるから。えっと……結界は敵の力を見極めていて判断。結界内はルクスの力が満ちている。ついでに、敵の力にも影響を与えて…………だから、敵味方を区別できないという事だな。うん。なんとか理解できた。それで、敵を強化…………

「マジで？」

ガルガが我を見る。

「おそらく、本来持っている力が我の力に影響を受け増えているはずだ。それから考えると、本来の強さより強くなっていると思う」

「そういう事か。さすがドラゴンの力という事だな」

我が頷くと、ガルガが小さく唸る。

「裏切り者が見つからないどころか強化かぁ」

パン。

「よしっ、ここで嘆いていても仕方ない。とりあえず、アグーに、獣人の中に裏切り者がいる事を伝えに行こう」

ガルガは自分の頬を叩くと、我とバズを見る。

「分かった。バズ？　あれ？　バズは？」

傍にいたバズがいない。どこに行ったんだ？

周りを見ると、裏切り者の獣人のバッグを漁《あさ》っていた。

「どうしたんだ？」

ガルガの言葉に振り返ったバズ。その彼の表情は喜々としている。

「何か見つけたのか？」

「魔道具です！　僕は、魔道具師になりたかったんです」

「そ、そうなのか？」

今までにないほど興奮しているバズに、ガルガが少し戸惑っている。バズは、興奮しすぎてガルガの状態に気付いていないが。

「はい。ガルガさん、この魔道具で何が出来るか分かりますか？」

獣人が持っていた魔道具を嬉しそうにガルガに見せるバズ。その我慢しきれないバズの様子に、ガルガはしばらく彼を見て吹き出した。

「あはははっ」

「えっ、ガルガさん？」

笑いだしたガルガを、困惑した表情で見るバズ。

「笑って、悪い。えっと、その魔道具だな」

ガルガとバズが一つの魔道具を挟んで話し出す。

そっと二人の間にある魔道具を見ると、木で出来た箱が見えた。箱の中には、直径二センチメートルぐらいの魔石が入っているようだ。

魔道具は確か、光を点《とも》したりするだけの道具とは違い魔法陣を組み込み様々な事が出来る道具だったな。

「この魔石の大きさと透明度から、かなり魔石を消費する魔道具みたいだな。ボタンが四つ…………ダメだな。これだけでは、何をする魔道具なのか分からない」

「魔道具を分解して、組み込まれた魔法陣を調べたら分かりますか？」

「あぁ、それだと分かるが。ただ魔道具の分解には知識が必要だ。下手な事をすると、魔法陣が崩れたり魔道具本体が爆発する事もある」

そうなんだ。魔道具に触れた事がないから知らなかったな。

「大丈夫です。分解するのに必要な知識はあります」

「そうなのか？」

バズを見ると、少し恥ずかしそうな表情をしている。

「はい。騎士になれと言われても、どうしても魔道具師になりたかったから内緒で勉強したんです。大変だったけど、あの時間がなければ僕はおかしくなっていたかもしれない」

バズを支えていたのか。

「魔道具では何が出来るんだ？」

「時間差の攻撃に魔道具を使ったりするな」

ガルガの言葉に首を傾げる。

「魔道具を仕掛けておけば、その場にいなくても敵を攻撃できるんだ」

攻撃に使われているという事か。

「僕は攻撃系の魔道具を作りたいわけではないんです」

「えっ？」

ガルガが驚いた表情でバズを見る。

「灯りを点す道具には、屑《くず》の魔石が必要ですよね？」

「あぁ、そうだな」

「屑の魔石で四日から五日は、灯りが点きます。僕は最低でも、屑の魔石で二週間は灯りが点くようにしたいんです」

「そうなのか？　でも……………」

ガルガが困った様子を見せる。

どうしたんだ？

「分かっています。魔道具は攻撃や防御の道具です。でも、魔道具こそ生活に取り入れるべきだと思うんです。だって屑の魔石だってタダではないんですよ？　普通の家庭でも、屑の魔石代が大変なんです。教会なんて、夜になると真っ暗です。そのせいで子供たちが怪我をする事だってあると聞いてます」

「確かにそうだ。夜になると教会は真っ暗だった。トイレに行く時に躓《つまず》いて怪我をしたり、酔っ払いが教会に入り込んで暴れたりもしたな。顔が分からなかったから、泣き寝入りだ」

ガルガがバズを見る。そしてポンと彼の頭に手を置いた。

「凄いな、バズ。お前の考えは最高だ」

嬉しそうに笑うガルガにバズが戸惑う。

「まだ、こうなればいいなと考えているだけですよ」

「バズは、その夢をどうしたいんだ？」

ガルガがバズを真剣な表情で見る。バズはその表情を見て、少し考える。

「叶えたいです。いえ、叶えます。家族から離れられたんです。次は、夢を叶えます」

力強く言うバズに、ガルガが眩しそうに目を細める。そして、嬉しそうに笑顔を見せた。

「よしっ。この魔道具はバズが好きにしていい」

「えっ？」

獣人が持っていた魔道具だけど、まぁバズが嬉しそうだからいいか。

「実際に魔道具を分解した事は？」

「えっと、ないです。分解する知識はあると自信あり気に言いましたが、本で知った知識だけです」

「それなら、これを使って実際に分解したらいい」

「えっ？」

「実際に分解をしてみたら、勉強だけでは分からなかった事も学べるだろう。バズにとって、凄くいい経験になると思うぞ」

「いいんですか？　プロに任せれば、この魔道具が何をするものか分かるのに。この魔道具の役目が分かれば、敵の動きも分かるんでしょう？」

「いいの、いいの。そんなのは、あいつ等を締め上げれば分かる事だから。だから、これはバズの知識を深めるために使ってくれ」

「ありがとうございます」

嬉しそうに笑うバズの頭を少し乱暴に撫でるガルガ。そんな二人を見ていると、頬がぴくぴくする。

「んっ？」

その不思議な感覚は、特に嫌な感じはしない。それどころか、気分が良い。

「魔道具はバズに任せて、こいつ等をどうやって運ぶかが問題だな」

「運ぶ？　どこに？」

ガルガが我を見て、笑う。

「アグーの下に、こいつ等を連れていかないとダメだろう？」

あれ？　ガルガの今の言葉に、起きている獣人が反応した？　あと、眠っているはずの獣人二人も。

「ぐえっ」

ガルガも気付いたのか、反応した獣人に近づく。そして、拳で殴った。

「うっ」

「ひっ」

熊獣人《くまじゅうじん》が、恐ろし気にガルガを見る。

「何を怖がっているんだ？　お前たちはもっと酷い事をしてきたんだろう？」

首を横に振る熊獣人。ガルガは少し不思議そうな表情をすると、熊獣人に近づく。

「お前はこいつ等の中でどういう役割だったんだ？」

「俺は荷物を運ぶ役目だ」

「それだけか？」

頷く熊獣人。

「何をどこに運んだ？」

ガルガの言葉に、さっと青くなる熊獣人。それを見て、ニヤッとガルガが笑う。

「全て吐け。とっとと吐け」

首を横に何度も振る熊獣人。

「ん～？　吐かせるためには、どうすればいいかな？」

ガルガが我を見る。

「腕でも引き千切るか？」

「ひぃ………」

我の言葉に悲鳴をあげる熊獣人。まだ何もしていないのに。

あれ？　ガルガが呆れた様子で我を見ている？

「なんだ？」

「最初は『折る』からだろう」

折る？

「そういうものか？」

頷くガルガに、バズは苦笑する。熊獣人は、我々から距離を取ろうともがいている。

「だが我は力加減が苦手だからな。折るつもりが、吹っ飛ぶかもしれない」

「あぁ」

「やめ、止めてくれ。話す！　全て話す！」

ガルガとバズが納得した様子を見せると、熊獣人が叫ぶ。

「全て話すのか？」

ガルガが聞くと、何度も頷く熊獣人。

「良かったです。さすがに目の前で腕が吹っ飛ぶのはちょっとあれなので」

「残念だ」

バズと我の言葉を聞きガルガが笑う。

「名前は？」

「クルビズ。熊獣人と犬獣人のハーフだ」

「『ハーフ？』」

ガルガとバズが首を傾げる。

「どうしたんだ？」

ハーフの何が気になるんだ？

熊獣人クルビズが目を大きくし、我を見る。

あれ？　ガルガたちの態度が正しいのか？　だが、ハーフなだけだろう？

「獣人は同じ種でパートナーを組む事が当然なんだ」

「なぜ？　違う種とパートナーを組んだら何か問題が起こるのか？」

そんな事は聞いた事がない。それに当然とは？　ガルガの説明ではよく分からない。だいたいハーフなど、探せば何人でも見つかるはずだ。特にこの森では。

「問題はないが、種によって習慣が違うだろう？　だからだと思う」

「習慣？　そんなのは、生き方や過ごした場所で変わるものだろう？　人間だって住む場所で習慣が違うのだから」

「まぁ、そうなんだが」

「あの、種としてのプライドだと思います。自分の一族に、異なる種の血が混ざるのを嫌うのだと思います」

種のプライド？

「くだらないな」

「「「………」」」

我の言葉に、無言になる三人。

「そうですか？」

「あぁ」

「ドラゴンはどうなんだ？」

ドラゴン？

ガルガを見ると、興味深気に我を見ている。

「どうかな？」

我が覚えているドラゴンは………。

「種の違いを気にした者はいなかったような気がするな」

「ルクスさんは、種の違いが気になりませんか？」

我か？

「好きになった者がいないからなんとも言えないが、種は気にしないと思うな。そんな些細な事を気にするのは面倒だ」

「些細な事？　ドラゴンから見ればそうなのか」

ガルガが不思議そうに我を見る。クルビズは、泣きそうな表情で顔を伏せた。

「どうした？」

「両親は愛し合っていたんです。でも種が異なったから、居場所をなくしてしまって。俺も皆から………。だから」

チラッと倒れている獣人たちを見る。

「利用されていると分かっていたけど、彼等の傍は息が出来た」

「そうだったのか」

ガルガがクルビズの肩を叩く。

「出会う相手が悪かったな。とっとと森に来たら居場所はあったのに」

我の言葉に、ガルガもバズもクルビズも驚いた表情をする。

「なぜだ？」

「アグーにはドラゴンの血が混ざっている。かなり薄まってはいるが、かつてこの世界にいたドラゴンの子孫だ。つまり混ざっていると言えるんだろう？」

「彼にドラゴンの血？」

「あぁ、それにリーガスは訳ありの獣人をよく集めていた。ハーフにクオーター、どの種か不明の子供たちなんかをな。アグーの傍には、種の混ざった者が多くいたぞ。気付かなかったか？」

ガルガを見ると驚いていた。

気付いていなかったのか。

「犬耳に首には鱗とか、羽と尻尾がある子供とか」

我の言葉に首を傾げ考え込むガルガ。

「ダメだ。あの時はルクスの対応で精いっぱいだったからな」

我の？

「ガルガに何かした覚えはないが」

「いや。存在自体が、俺の常識を覆《くつがえ》していたから」

ガルガの言葉に、バズとクルビズが頷く。クルビズは、少し落ち着いたようだ。泣き顔だが、少しだけ安堵した表情になっている。

「話が逸れたな。クルビズ。何をどこに運んだのか、教えてくれるか？」

「はい。森にそんな方たちがいる事を知りませんでした。彼等の居場所を奪いたくないです。だから、知っている事は全て話します」

クルビズの言葉に、バズが嬉しそうに笑う。ガルガも小さく笑うと頷いた。

「洞窟に、彼等の仲間が持ってきた道具を置いています」

「洞窟はどの辺りですか？」

バズの質問に、洞窟とは反対側を指す。

「ここからすぐ近くの洞窟です。そこに仲間が持ってきた荷物の半分があります。残りの半分は、別の場所です。俺は別の場所については知りません。俺のような訳ありが、荷物を持っていきました」

クルビズが指した方を見る。洞窟という事は、岩場か崖があるはずだな。

あぁ、見つけた。ここからだと歩いて三分ぐらいか？

「見張りがいるな」

クルビズが我の言葉に目を見開く。

「はい。見張り役は三人いて、順番に洞窟を見張っていま――」

「この裏切り者が！」

クルビズの言葉を遮った獣人に視線を向ける。ガルガに倒されたのに、威勢がいいな。まぁ、紐で縛られているので地面に転がっているが。

「くそっ。この紐を外せ！」

いや、無理だろう。

「うるさい」

ガルガが獣人の背を足で踏む。

「くそっ。やっぱりお前なんて使うんじゃなかった。ハーフなど生きる――」

獣人がさっと顔を右に避ける。そのすぐ傍を我の足が通る。

「があぁぁあ」

「えっ？」

叫んでいた獣人の隣にいた獣人の顔が吹っ飛ぶ。

やはり加減は難しい。だが、いろいろと知っていそうな獣人に当たらなくてよかった。他の者が死んだとしても問題ないだろう。

仲間の血で染まった獣人が、首から上がなくなった死体を見て顔を青くする。

「ルクス」

ガルガを見るとバズの目を手で隠していた。

「ガルガさん、大丈夫です」

「でも血が苦手だと言っていただろう？　慣れたとは言っていたが、気分は悪いだろう」

そうだ。バズは慣れたと言っていたが、血が苦手だった。

首から血が溢れている死体を見る。

「失敗したな」

バズには悪い事をしてしまった。

血が溢れている死体を一瞬で灰にする。

「今は、何も感じません」

ガルガの手を目の上から移動させ笑うバズ。

「感じない？」

バズの言葉にガルガが不審そうな表情をする。

「はい。怪我をして慣れたと言いましたが、実は父に、戦場に連れていかれた事があるんです。その時から、何も感じなくなって。だから慣れたんだと思います」

血が苦手な子供を戦場に？　我でもそれはおかしいと思うのだが、バズの父親は頭が変なのか？

「それは慣れたというより…………いや、そうか。まぁでも、気持ちのいい光景ではないからな」

「悪いバズ」

「大丈夫です、本当に。でも腕ではなく首が飛びましたね。あれ？　怖かったみたいですね」

ぶるぶる震えている獣人に視線を向けるバズ。ガルガも獣人の状態に気付いたのか、少し困った表情をした。

「そういえば、静かになったな。たったあれだけの事で」

我を見て溜め息を吐くガルガ。彼からしたら「あれだけの事」ではないんだろうな。

でも苛立ったんだ。仕方ないだろう？

ただ原因の獣人は生かしておいた方がいいと分かったから、隣でニヤ付いていた獣人にしたんだ。我にしては、考えた方だと思うんだけどな。

「ルクス？　どうして自慢気なんだ？」

ありえないという表情をするガルガ。

「うるさい原因を仕留めたかったが、必要そうだから別の者で我慢したんだ。凄いだろ？」

「「……………」」

どうしてまた二人とも黙るんだ？　それに、こんな感じの空気が少しずつ増えていないか？

「はぁ、まぁいい。おい。森に何を持ち込んだ？」

ガルガの質問にさっと顔を反らす獣人。そんな獣人の前に、我はゆっくりと近づく。

「待て。この森には、凄い力が眠っているんだ。それを手にすれば、この世界を手に出来るといわれている。欲しくないか？　欲しいだろう？　そのためには、この森を守っている獣人が邪魔なんだ。だから、そいつらを殺そうとしているだけなんだ。こっち側に付けば、この世界で何もかも手にする事が出来るぞ。俺が、ガード侯爵にお前たちを紹介する、その力をあの人のために使えば、俺よりもっといい地位を用意してくれるかもしれない。どうだ？　地位も金も手に入れられるチャンスだ」

「いらないな」

「僕もいらないです」

「欲しくなれば、我は自分でやる」

「えっ？」

あまりにきっぱりと断られた事が理解できないのか、ポカンとした表情をする獣人。クルビズは我を見て、なぜか納得した様子で頷いた。

「なぜだ？　この世界――」

「だからいらないって」

呆れた様子で話すガルガ。獣人がバズに視線を向けるが、彼も肩を竦めるだけだった。

呆然とする獣人。

「何を森に持ち込んだ？」

ガルガが獣人に近づき聞く。そっと視線をガルガに向けた獣人は、気持ちの悪い笑みを見せた。

「俺たちだけじゃない。この森を手に入れたいのは、俺たちだけじゃ。多くの者がこの森を手に入れようとしている。いずれ森を守る獣人たちだけでは手に負えなくなるぞ。いいのか？」

「あぁそれは、大丈夫だ。今森に住んでいる裏切り者たちを処理すれば、あとは我が張った結界が弾く」

「ははっ。どうしてこの森に、それほど肩入れをする？　ドラゴンが見たいからか？　そんな、いるかいないかも分からない存在のために？　馬鹿げていると思わないか？」

獣人が陰鬱《いんうつ》な表情で呟く。我らが、獣人の言葉に乗ってこない事を理解したようだ。

「僕たちは、ドラゴンを実際に目にしています。だから、馬鹿げているとは思いません」

「はっ？　ドラゴン？」

「はい、そうです。ドラゴンが実際に目の前にいますので」

バズの視線が我に向く。その視線の先を見た獣人が笑う。

「あはは、彼女のどこがドラゴンなんだ？　騙されているようだな」

「いや、ルクスはドラゴンだ。そこで白目をむいて倒れている者も、本当の姿を見たからそうなった」

ガルガが我を見るので「仕方ない」と溜め息を吐く。簡単に姿は戻るが、何度もやるとなると面倒くさい。

バキバキバキッ。

「ひっ」

我の本来の姿を見て、悲鳴をあげる獣人。我が獣人の姿に戻る頃には、顔色は青ではなく白くなっていた。

「なぁ、ルクス」

真剣な表情で我を見るガルガ。

「なんだ？」

「ドラゴンに戻る時だけど、木を倒さない方法はないか？」

ガルガの視線が我の後ろに向くので見ると、大量の木が横になぎ倒されていた。

「我のせいか」

気にした事がないから、気付かなかったな。

「木を倒さない方法か。…………上空に飛びながら変化すればいいか？」

「次に変化する時は、挑戦してみてくれ」

「分かった」

ガルガが獣人を見る。

「で、何を持ち込んだ？」

ガルガにつられて、我も獣人を見る。

「ひっ、ば、爆弾だ。かなり威力が強いものだ」

震えながら答える獣人。我が気になるのか、ちらちらと視線を向けてくるが無視しておく。

「くそっ、爆弾か」

ガルガの声に視線を向けると、少し慌てているのが分かった。

「あの」

クルビズが我々に向かって声を掛ける。

「どうしたの？」

「あれが爆弾だったなら、大変です。既に向こうの爆弾は設置されたはずです。俺たちの方も、設置するために森を見回っていました。そこで、あなたたちを見つけて様子を窺っていたんです」

クルビズの説明に、爆弾だと教えた獣人が視線を地面に落とす。

「なんだって？」

ガルガが焦った様子で獣人の胸元を掴む。

「爆弾をどこに設置した？」

「知らない」

「本当に？」

我の声にビクつく獣人。

「本当だ！　もしもの時のために、情報は最低限に抑えていたから」

獣人を放り投げ、ガルガが頭を両手で押さえる。

「こいつ等の目的はアグーたち。森を守る獣人だ。だとすると爆弾は…………」

「アグーさんと仲間の近くに爆弾を設置するのではないですか？」

バズの言葉にガルガは首を横に振る。

「少し前に森が攻撃されたから、警戒はかなりしている。そんな時に、不審な動きをした獣人がいれば、対処するはずだ」

ガルガとバズが考えている中、我は獣人の様子を見る。

視線を地面に向けている獣人の表情は見えない。でも、何か変だ。本当に知らない？

「なぁ、本当に知らないのか？」

我の言葉に息を呑む音が聞こえた。何か怪しいな。

獣人の手を掴む。

「我は加減が出来ない。握り潰したら申し訳ない。でも、仕方ないよな。我は嘘つきが嫌いなんだ。そんな奴が目の前にいたら、切り刻みたくなる」

別に嘘つきが嫌いではない。面倒な嘘は嫌いだが、必要な嘘もあるとリーガスに習った。そして、切り刻むのは嫌いだ。面倒くさいから。

獣人の腕を掴んでいる手に少しだけ力を込める。

「ぎゃぁ」

ん〜、本当に力加減というのは難しい。まさかこれだけで折れるなんて。でも、潰れなかった。これは、我の中では凄い事だ。

よし、彼には実験台になってもらおう。まだ話す気がないようだし。

今掴んだところは折れたから、もう少し上を。

「獣人だ！　獣人が背負っているんだ。それを、目的の人物の傍で爆発させる！」

「な、なんだと！　お前はなんて事を！」

爆弾を背負った獣人か。

「別に、無理矢理ではない。奴等が自らやると――」

「家族の命を守るためと言ったんだろう？　俺の時のように」

獣人の言葉を遮るクルビズ。

「それは…………」

「時間がない。どうすれば」

ガルガが、アグーがいる方角を見る。

「ガルガ。我に乗ればすぐに着く」

「えっ？」

目を見開くガルガに視線を向ける。

「今すぐアグーの下に行く必要があるのだろう？」

「あぁ、そうだ」

「それなら我に乗っていくのが、一番いい方法だろう」

「それはそうだが」

戸惑った様子を見せるガルガ。それに首を傾げる。

なぜ迷う必要があるのだろう？

「乗ってもいいのか？　その、不快に思ったりはしないか？」

「別にないけど？」

おかしな質問をするな。

「我は当初、旅でもガルガを乗せるつもりだったが？　歩くと言われて止めたが」

飛んだ方が早いのに、のんびり行くのも旅のいいところらしいからな。

「あぁ、あれはそういう事だったのか」

「もしかして我がガルガを咥えて移動すると思ったのか？」

「いや、深く考えなかった」

「そうか。それで、どうする？」

「ルクスがよいなら、頼みたい。すぐにアグーの下に行かないとダメだから」

「分かった」

「だがその前に、こいつ等をどうするかだな」

ガルガが獣人たちを見る。

起きているのは一人。あとはまだ眠っている。あっ、クルビズの事を忘れていた。でも彼に見張りは無理だろう。

「それに、こっちにある爆弾もどうにかしないと」

「結界を張ってその中に閉じ込めておくか」

ガルガが困っているみたいだから、我は出来る事で助けてやるか。

「悪い、ルクス。何から、何まで」

ガルガを見ると、困ったような悲しむようなよく分からない表情をしている。

「どうした？」

「いや、旅は任せろと言いながら問題が起きたらルクスに頼り切っているから情けなくて」

これは落ち込んでいるんだな。…………ガルガには何を言ったらいいいんだ？

「ガルガさん。適材適所という言葉があります。今はルクスさんに助けてもらって、旅が始まったらルクスさんを助ければいいんだと思います」

バズの言葉に頷く。旅の間は、我はまったく役に立たないだろうからな。

「そうだな。旅の道中は任せてくれ。クルビズ、爆弾が置いてある場所に案内してくれ」

「分かりました。見張りはどうしますか？」

「大丈夫だ、すぐに片付けるから。その前に…………」

「グアァ…………」

獣人の首を絞め眠らせると、ガルガが我を見る。

「結界を頼む」

「分かった」

獣人を囲うように土で檻を作る。そして檻に我の力を注ぎ強度が上がると、簡単には崩れない結界が完成した。

パチン。

「凄いな。土なのに、崩れない」

ガルガが、土の檻に触れて楽しそうに笑う。

「時間があったら、もっと詳しく見るのに」

悔しそうな表情をするガルガに、バズが少し呆れた表情をする。

「ガルガさん。時間がないですよ」

「あぁ、そうだな」


次はクルビズの案内で、爆弾が隠してある洞窟に向かう。

「爆弾を背負っている獣人たちは、後でいいのか?」

「異変を感じて爆弾を移動されたら厄介だからな」

ガルガの説明に「なるほど」と頷く。

「変だな。見張りに三人もいる。いつもは順番で一人の時もあるのに」

クルビズの視線を追うと、厳つい体格の男性が三人いた。

「腰に魔道具らしきものがぶら下がっていますね」

バズの言葉に、ガルガが眉間に皺を寄せる。

「魔道具は厄介だな。こちらが敵だと分かった瞬間、使われそうだ」

まぁ、そうだろうな。

「あれ? 結構な近さまで来ているのに、気付いていないな。もしかして、見掛け倒しか?」

警戒しながら三人に近づいたが、そろそろこちらの動きに気付いてもいい距離だ。

隠れていた場所から顔を出すガルガ。それでも気付かない三人に、彼は呆れた雰囲気になった。

「この距離で気付かないとは。見た目は強そうだけど、実際は違うみたいだ」

ガルガは我らに「待つ」ように言うと、三人の死角になる場所を見つけては移動していく。

そして、

「ぐぅ」

「がぅ」

「ひっ」

呆気なく三人を倒した。

洞窟に入ると、大量の爆弾。

「これを使われなくてよかったよ。最悪な事になっていたかもしれない」

ガルガが、爆弾の一つを手に取って溜め息を吐く。

「ガルガ、外に。結界を張って誰も洞窟に入れないようにするから」

ガルガが洞窟から出ると、出入り口に結界を施す。我以外の者が排除される魔法を掛け、完璧だと頷く。

「ありがとう。次は」

ガルガとバズが我を見る。

「クルビズはどうするんだ？」

彼を見ると、首を横に振っている。

ここで待っているという事か。

「クルビズ、あとは頼むな」

「はい。えっと、誰も近づかないように見張ります」

彼の言葉に、ガルガが笑う。

「無理はしないように。ルクス、頼む」

上空に向かって飛びながらドラゴンに戻る。確認のため下を見るが、木は一本も倒れていない。

『よしっ』

ガルガとバズを乗せるために、二人の前に下りる。

バキバキバキバキッ。

『んっ？　あぁ、我の体は大きいからな』

「まぁ、そうなるよな。今回は仕方ない、気にするな」

気にはならない。

ガルガとバズを見て、クイッと乗るように合図する。

「ありがとう。頼む」

「お邪魔します」

ガルガはいいとして、バズのそれは正しいのだろうか？　まぁ、気持ちは伝わってくるのでいいが。

二人を乗せ、アグーのいる森の中央に飛ぶ。数分で森の中央に着くと、上空からアグーを探す。

「ルクス、右だ」

ガルガの言葉に視線を右に向ける。

『見つけた』

アグーの姿を見つけると、彼に向かって降下する。

上を見て唖然としているアグーの前に到着すると、ガルガが慌てた様子で我から降りる。

「アグー、大変だ。この辺りに、爆弾を背負った獣人がいる！」

「えっ、どういう事ですか？」

ガルガがアグーに説明している間に、我は周辺に視線を向ける。

獣人の姿より、ドラゴンの方が見通しはよい。

『見つけた』

何かを背負い、思いつめた表情の獣人が立ち止まり我を見上げている。

『人間がいるな』

獣人たちの中に人間が一人、二人、三人。彼等は何も背負ってはいない。もしかしたら獣人の見張り役かもしれない。

ガルガを見る。どうやら説明は終わったみたいだな。ならば、こちらに近づく獣人と人間を知らせて…………ドラゴンの姿の時に会話は無理だったな。

『仕方ない』

ドラゴンから獣人の姿に戻ろうとすると、爆弾を背負った獣人が我の下に駆けてくると跪いた。

「お助けください。私の家族を。どうか、ドラゴン様」

泣き崩れる獣人に、どうするべきかと考える。

あっ、見張り役の人間が獣人を蹴飛ばしている。爆弾を爆発させようとしているのか。

ガルガを見ると、視線で方向を示す。それに頷いた彼は、アグーに選別された獣人を連れて走っていった。

『ガルガは凄いな、あれだけで理解してくれるとは』

んっ、こちらにも人間が近づいてきた。アグーに何かするつもりか？

あれ？　違う、我にか？

「死ね」

獣人から取り上げた爆弾を我に投げる人間。

「ルクスさん！」

バズの悲鳴に近い声が聞こえたけど、問題ない。投げられた爆弾をぱくりと口に入れると爆発した。

「ルクス！」

ガルガが焦った表情でこちらに駆けてくる。そして、爆弾を投げた人間を殴り倒した。

「ぐあぁ」

「大丈夫か？」

心配そうに我を見るガルガとバズ

それに首を傾げながら獣人になる。

「二人には、言っておいたはずだが？」

我の言葉に二人は首を傾げる。

「我の体は強いと、怪我も病気もしないと」

「聞いていたが、口の中で爆発したんだぞ？　それでも問題ないのか？」

ガルガが我の口の辺りをジッと見るので、舌を出して怪我はしてないと見せる。

「問題ない。あれぐらいの爆発なら傷一つ負う事はない」

「凄いです」

バズは嬉しそうに走り寄ると、我の体を隅々まで見る。

「バズ。爆発は口の中だ。足や手は関係ないぞ」

「そうなんですが、口を見ていると恥ずかしくなってしまって」

口を見ると恥ずかしい？　バズは独特の感性を持っているのか？

「バズ、ルクスはドラゴンだからな」

「分かっています」

ガルガとバズの意味の分からない会話を聞いていると、小さな声で呼ばれた。視線を向けると、我に泣きついた獣人がいた。

「ドラゴン様ですよね？　お願いします、私の家族を助けてください」

必死の表情にどうするべきか迷いガルガを見る。彼も少し考えると、アグーに視線を向けた。

「何があったのか話してください」

ガルガに視線を向けられたアグーは頷くと、泣きついている獣人の肩に手を置く。獣人は泣きながら頷くと、これまでの事を話しだした。

爆弾を背負った獣人は、ラクスア国の僻地に住む獣人だった。穏やかな村だったが、数年前より隣のメディート国から人間が入り込むようになったらしい。村民たちは村長に国に報告するべきだと言ったが、村長が国を裏切った。金に目が眩《くら》んで、村民たちをメディート国のための道具とした。彼等は家族と離ればなれにされ、自分たちが命令に従わなければ家族が死ぬと言われ従っているそうだ。

「どうしてドラゴン様に助けを？」

アグーが獣人の手を掴むと、彼は悲し気に笑う。

「もう限界なのです。こんなものを背負って獣人を殺せなんて。我々の家族の命が掛かっていても出来ません。それに私が死んだら、次は家族が私の役目を負うでしょう。それなら、ドラゴン様に村を一気に焼いてもらった方が」

あっ、助けてというのは、家族を殺してくれという事なのか。

「私は既に獣人を殺しています。その罪は償《つぐな》わなければなりません。でも妻や娘たちはまだ誰も殺していません。彼女たちにそんな酷い事をして欲しくない。でも、私に彼女たちを助けだす力はありません。だから、酷い事をさせられる前に終わらせて欲しいんです」

「分かった」

ガルガの言葉に驚く。

まさか、彼が賛成するとは。

獣人はパッとガルガを見ると、何度もありがとうと呟く。

「ただ、俺は殺さない方法を選ぶ」

あっ、やっぱりガルガだな。

「えっ？　どういう事ですか？　助けていただけるのでは？」

「あぁ、助ける。でも殺さない。俺はお前の家族を、取り戻してやる」

獣人が苦しそうに胸元を押さえる。

おそらく彼はそう言って助けを求めたかったんだろうな。でも、出来なかったんだろう。そんな面倒な事に手を貸す者などいないと思ったから。だから、ドラゴンである我に一気に燃やしてもらおうとした。家族を獣人殺しにしないために。

「ルクス」

ガルガに視線を向ける。

「頼みがある」

「なんだ?」

「俺を村まで届けてくれないか?」

「いいぞ」

「ありがとう」

ガルガのお礼に肩を竦める。

彼がお礼を言う事ではないと思うが、律儀だな。

「あの、ご迷惑をお掛けしてすみません。村の獣人たちは、ある場所に監禁されています」

「ふっ」

獣人が深く頭を下げると、ガルガに殴られた人間の笑い声が聞こえた。

「なんだ?」

アグーが笑った人間の胸元を掴み持ち上げる。

どうやら彼は、静かに怒りを溜め込んでいたようだ。

「馬鹿な奴等だな。ドラゴンがなんだ？　たった一匹で何が出来るというんだ？」

あざ笑うように話す言葉に、アグーもガルガも周りにいる獣人たちも黙る。そして可哀そうなものを見るような視線を人間に向けた。

「もう、失敗した事は仲間に伝わっている。今頃別の爆弾を背負って獣人を襲う準備をしているだろうな。はっ、何が助けてやるだ。ははははっ」

「そんな………」

「あぁ、大丈夫。どこかに行こうとしている人間が見えたから、逃げられないように結界で閉じ込めてある」

「えっ？」

驚いた表情をする人間に、ガルガがポンと肩を叩く。

「残念だったな。ちなみにたった一匹のドラゴンに何が出来るかって？　国を廃土にする事ぐらいなら、簡単に出来るんだぞ」

小馬鹿にしたように説明するガルガに、人間が目を見開く。そして我に視線を向け、視線が合うと引きつったように笑い首を横に振った。

「馬鹿な。そんな事は聞いていない。ドラゴンは、ただちょっと力が強いだけで何も出来ない存在なはずだ」

あれ？　ドラゴンをそんな風に認識しているのか？

「誰がそんな事を言っていたんだ？」

アグーも不思議そうに人間を見る。

「ア…………誰でもいいだろうが！　魔王の手先のドラゴンなんて、我々の敵ではない！」

「「「…………」」」

辺りを静寂が包む。

「ガルガ」

「なんだ？」

我はガルガを見て、首を傾げる。

「こいつの言っているドラゴンは…………赤子の事か？」

生まれたばかりのドラゴンならば、確かにちょっと力が強い程度だ。地面を叩きつけても、ひび割れはするがその場にクレーターを作る事はない。山に雪崩を起こす事は出来るが、平らには出来ない。

「いや、そうではない。おそらく間違った情報を本当だと思っている勘違い野郎だ」

「ですね」

ガルガの言葉にバズが賛同する。

なるほど、勘違い野郎か。

「アグー、ルクスが今回の事に関わった者たちを結界内に閉じ込めている。そちらで対応してもらえるか？」

どうやらガルガは、勘違い野郎を無視する事にしたみたいだ。

「はい。こちらで対応します。ガルガたちは、これから村に行くのですか？」

アグーも無視か。

「あぁ、すぐに村に行って獣人たちを助けてくる。ついでに、ラクスア国に報告もしてくるよ」

「分かりました。気を付けて…………」

アグーの視線が我に向く。

「やりすぎないようにお願いします」

「…………んっ？　我に言っているのか？」

「はい。あそこは緑が多い村でした。今はどうなっているのか分かりませんが。あそこで火を噴くと、周りへの影響が大きいです」

「あぁ、分かった。つまり、木々に気を付けて攻撃しろという事だな」

「えっ？　まぁ…………はい」

少し戸惑った様子を見せるアグー。それほど心配しなくても、木々を燃やさないように攻撃する事は出来る。だから、大丈夫だ。

「なんでだろうな。その言葉に、安心できないのは」

ガルガの言葉に、頷くアグー。

「あっ、いえ」

我の視線に、焦って首を横に振るアグー。

どうやらアグーもガルガと同じ思いになったようだ。なんとなく釈然としないが…………今までの事を思い出し…………。

「まぁ、そう思うだろうな」

なぜか納得できてしまった。

「あははは っ」

我の言葉を聞き、笑いだすガルガ。アグーとバズは驚いた表情の後で笑った。

「さてと、行くか。あっその前に」

ガルガは、アグーに地図を借りると一ヵ所を指した。

「ここは？」

「獣人たちが背負っていた爆弾がある。外に持ち出せないようにルクスが結界を張ったが、近づく者がいないか見張っておいて欲しい」

「分かった。仲間に見張らせておこう」

「頼む。あとは…………特にないかな。二人はどうだ？」

ガルガが我とバズを見る。

「もう、ないと思います」

「我もそう思う」

ガルガが頷くと、アグーは他の獣人の下に行った。

「よしっ、行くか」

ガルガの言葉で本来の姿に戻り、ガルガとバズを乗せる。

「「「「お願いします」」」」

助けを求めた獣人だけではなく、村の獣人全員が我々に向かって深く頭を下げる。ガルガはそれに手を上げると、我の首の辺りをポンと叩いた。

二人を乗せ、僻地にある村に飛ぶ。

「速いですね。もう見えてきましたよ」

「さすがルクスだな。あっという間だ」

少し速度を上げたので村までは十数分。確かにあっという間だな。

「村の近くに開けた場所があるな、あそこに――」

「待ってください。村から少し離れた場所に、人が集められています」

ガルガの言葉を遮ったバズが、ある方角を指す。

「バズは目がいいんだな。どこだ？」

バズの指した方を見て首を傾げるガルガ。我はバズが見た者たちを確認できたので、高度を上げバレないように近づく。

「なんだ、あの建物は」

村には似合わない頑丈な建物。その周りを武器を手にした人間たちが囲っている。

「悪い事をしてそうですね」

「そうだな。爆弾を作っている場所かもしれないな」

「どうしますか？」

ガルガとバズを乗せたまま、少し体を震わせる。

「「うわっ」」

振動に焦った二人を見る。

「んっ？　あぁ、もしかして任せてくれって事か」

ガルガの言葉に頷く。

ドラゴンの姿でも会話が出来ないと不便だな。前の時は、身振り手振りで意思疎通を試みたが、今ではやる気が起きない。やはり会話が一番だ。何か方法がないか、沢山ある記憶の中から探してみるか。

「ルクス」

ガルガの真剣な声に振り返る。

「やりすぎるなよ」

…………頷く。

「今の間が凄く気になるが…………村人の救出も大切だからな。バズはどっちに付いていく？

俺としてはルクスを止める役目を頼みたいんだが」

「えっ、僕がですか？　無理だと思うんですが」

ガルガが笑ってバズの頭をポンと叩く。

「大丈夫だ。ルクスはバズを気に入っているからな」

まぁ、ガルガの言う通りだな。結構気に入っている。ガルガと同じぐらい。

「そうなんですか？　嬉しいです」

バズの弾んだ声が聞こえる。どうやら、我に気に入られて嬉しいらしい。

んっ？　…………胸がほわっとする。これは、なんだろうな。

「ルクス。俺を獣人たちが監禁されている場所まで運んでもらえるか？」

頷いて、獣人から聞いてきた場所の上まで飛ぶ。

「さて、ここからどうするか」

「我の魔法で目的の場所に降ろす。それでいいか？」

「あぁ、そうしてくれ」

「えっ？」

ガルガは気付かなかったが、バズは我の声に驚いた様子だな。

「あれ？　声が？」

「どうした？」

「ガルガ。下が騒がしい、急いだ方がいいぞ」

「そうだな。ルクス、頼む…………えっ？」

ガルガも我と会話が出来ている事に気付いたようだ。目を見開いて我を見ている。

「行くぞ」

「あっ、いや、会話！　ちょっ、ま」

ガルガの慌てている様子を無視して、ガルガを我の魔力で包み込み下に飛ばす。

「うわぁぁぁぁぁ」

「あっ」

バズが焦った様子で下を見る。

「ちょっと速かったか」

もう少しゆっくり落と…………降ろさなければダメだったようだ。

悪い、ガルガ。わざとではない。

落ちてきた貴族女性と皆で出発

―ガルガ視点―


もの凄い勢いで落下するのでビビる。

静かに敵に近づこうとした作戦が、さっそくダメになった。

「ルクス！！！！」

地面には無事に着地成功。それにホッとしながら、上空を見る。ドラゴンの尻尾が左右に揺れている。

「はぁ、まぁ無事に着いたからよかったか」

ルクスの魔力に包まれたのが分かったから、大丈夫だとは思ったけど怖かった。本当に怖かった。

「誰だ、きさま」

まぁ、あれだけ派手に登場したらこうなるよな。

俺の周りを囲う六人に、視線を向ける。

武器は剣に、弓もある。あとは、腰に下げているものは魔道具だな。何が起こるか分からないから、時間を掛けるのは悪手だな。

「初めまして。獣人を解放して欲しいんだが」

俺の言葉に馬鹿にした様子を見せる者たち。たった一人なので、気が緩んでいるのが分かる。

「お前、頭は大丈夫か？　それで『どうぞ』なんていう奴がいるわけないだろうが」

「そうだな」

右足を少し後ろに引き、目の前にいる者との間合いを確認。

「それなら、しょうがない。力ずくだな」

言い終わった瞬間、目の前にいた者を倒す。次は左にいる者だ。

二人倒したところで、少し呆然としていた敵が動きだす。でも遅い。もう既に、三人目を倒し四人目に向かう。少し反撃されたが倒し、五人目に視線を向け足を止めた。

「動くなよ」

五人目の腕の中には、子供の獣人。残った二人を見る。

「どうする？」

「向こうに知らせろ」

向こう？

二人の視線は、先ほど見つけた建物の方を見ていた。

呼ぶなら早い方がいいぞ。だって、そろそろルクスが、ドドドーーーン。

巨大な音と一緒に地面が揺れる。

やりすぎないように言ったのに。

二人を見ると、揺れで隙が出来ている。その隙を見逃さず、獣人の子供を助ける。

「あっ！　待て！」

バキバキバキ。

地面の揺れが落ち着くと、木々の倒れる音が森に響く。

「何が起きているんだよ！」

「知るか！」

目の前の二人がケンカを始めたので、そっと獣人の子供に話しかける。

「獣人たちが監禁されている場所は？」

「あっち」

俺が怖いのか震えている獣人の子供は、縋るように俺を見てある方向を指した。

「ありがとう。一緒に来るか？」

「うん」

ケンカ中の二人を見ながら、子供が教えてくれた小さな建物に移動する。

「ここ？」

「うん」

獣人の子供が心配そうに扉に手を当てる。もしかしたら、この子の家族が中にいるのかもしれない。

建物を調べ、最後に扉を確かめる。

「おい、何していやがる」

俺の事に気付いたのか、苛立った様子で近づく二人。

「後ろに下がって」

獣人の子供を下がらせると、近づいてきた二人に俺から襲い掛かる。

「えっ。うわっ」

「あっ」

あっという間に二人を倒すと、獣人の子供に視線を向ける。

「大丈夫か？　怖くなかったか？」

「凄い、かっこいい」

えっ？

キラキラした目で俺を見る獣人の子供に笑ってしまう。

「かっこよかったか？」

「うん。凄く、凄くかっこよかった」

獣人の子供の返答に笑いながら、倒れた一人に近づく。彼が倒れた時、首から下げている鍵が見えたのだ。

「これか」

人の首から鍵を引き千切ると、獣人たちが監禁されている建物の扉に鍵をさす。

「合っているみたいだな」

鍵を回すと、ガチャリと音が聞こえた。そっと扉を開けると、薄暗く汗臭かった。建物の中に入ると、巨大な檻がある。そしてその中に子供や女性、年配の獣人たちがいた。

「ママ」

獣人の子供が檻に近づき、ある女性に必死に手を伸ばす。

「ルイース」

手を伸ばされた女性は、子供の手を掴むと泣き出した。

その様子を見ながら檻の周辺に視線を向ける。

どこかに檻の鍵があるはずだ。

「お兄さん。鍵なら扉の傍にある棚にあるよ」

年配の獣人が指す方を見ると、棚が見えた。

「ありがとう」

「それはこっちの言葉だよ。ありがとう。本当に、ありがとう」

俺に向かって深く頭を下げる年配の獣人。彼の体には、殴られた痕があちこちにあった。

鍵を開けると、獣人たちが体を支え合いながら檻から出てくる。

その様子を見て、監禁が随分と長い間だった事に気付いた。獣人は人より体の作りが強い。

それなのに、足が弱っている。

「大丈夫ですよ。元の生活に戻れば、すぐに体が元に戻ります」

ある獣人が、俺の様子を見て笑って教えてくれる。それに笑って返すと、一緒に建物を出た。

「何をしていやがる」

苛立った様子の獣人が、俺たちの前に来る。

「お前か？　こいつ等を出したのは。余計な事をしやがって。おい、誰が出てきていいと言った。戻れ！」

威圧的に怒鳴る獣人はおそらくラクスア国を裏切った村長だろう。

「うるさいな」

「なんだと」

村長は俺の胸ぐらを掴むと、殺気を放つ。

「部外者は黙っていろ。メディート国に引き渡してもいいんだぞ？」

「やれるものなら、やってみろ」

村長から少し後ろに視線を向けると、こちらに飛んでくるルクスが見えた。

「あぁ、それならやってやるよ」

「その前に、逃げた方がいいぞ」

「はっ？　というかお前、何を見ていやがる」

「空飛ぶドラゴン」

俺の言葉に、眉間に皺を寄せる村長。

周りの獣人も少し戸惑っている様子が分かった。

「わぁ、ママ。ドラゴン様だよ」

子供の声に、獣人たちが視線を空に向けポカンと口を開けた。

「終わったのか」

上空から聞こえるルクスの声に、ここに来る前に聞いた声も間違いなくルクスの声だったと知る。

「あぁ、大丈夫だ」

「それは？」

「それ？」

ルクスが何を聞いているのか分からず首を傾げる。

「ガルガに引っ付いているそれ。それはなんだ？」

引っ付いている？

　あぁ、未だに胸ぐらを掴んでいる獣人を見る。

　村長は、顔色を真っ白にして微かに震えていた。

「獣人を虐げてきた、問題の村長だ」

「あぁ、それが」

　ルクスの中で、村長は「それ」みたいだな。獣人として扱ってもらえないなんて可哀そうに。

「ルクス、このままラクスア国に報告に行きたいが、連れていってくれないか？」

　僻地の事とはいえ、ラクスア国。国が彼等を守らないと。

「分かった。それは連れていくのか？」

「あぁ、もちろん。あと、こいつ等もだな」

　俺が倒した者たちを見る。さて、どうやって連れていくか。それが問題だな。

「あっ、向こうの建物にいた者たちは？」

「…………」

「ルクス？」

　まさか、全員が死んだのか？

「生きている者はいなかったぞ」

　あらららっ。

「ガルガさん、ごめんなさい。止める間がなかったです。尻尾でバン。それで終わってしまって。建物も完全に崩壊しました」

あちゃ～。

「まぁ、それなら仕方ない」

「ガルガに言われたから、加減はしたんだぞ」

ルクスの言葉に笑ってしまう。

「どこがだ？」

「壊れたのは建物だけだった。地面はセーフ」

あぁ、なるほど？　いや、納得してどうする。でも、ルクスがそう言うという事は本気を出したら……。

「尻尾を本気で叩きつけたら？」

「それはもちろん、地形が変わるな。前は巨大な穴が出来て、その後その場所は湖になった」

それに比べたら随分と加減してくれたんだな。

「あの」

鍵の場所を教えてくれた獣人が傍に来る。

「もしかして、彼等が建てた建物を破壊したのですか？　そうだとしたら逃げてください。あの場所を管理しているのは、メディート国なんです。彼等に目を付けられたら殺されてしまいます。あの国の者は、我々に何をしてもいいと考えている。本当に、酷い国なんです」

俺の元いた国って、外から見ると本当に酷い国なんだな。いや、ある程度は知っていた。でも、ここまで恐れられ、そして嫌われているなんて。中にいると気付かないものだな。

「どうやって管理をしているんですか？」

「この村と隣接している村に、騎士たちが在住しています。その騎士たちが、何度も確認に来るんです」

やはり、ラクスア国が動く必要があるな。

「ラクスア国に現状を伝えてきます。少し待っていてください」

「国に？　動いてくれるでしょうか？」

それは、俺には答えられない。もし国が動かないのなら、彼等を森に連れていった方がいいかもしれないな。

「とりあえず、すぐに行ってきます。えっと、こいつ等は………とりあえず紐で縛って」

どうしよう。置いていくのは心配だ。それにラクスア国に侵入した犯罪者として連れていきたい。

「ガルガ。全員を紐で縛って塊にしてくれ。そうすれば我が紐を咥えて運ぶ」

あっ、それはよいな。そうしよう。

「その運び方だと、凄く揺れそうですね」

バズの言葉に想像して笑ってしまう。確かに、揺れるだろうな。

「恐怖に慄《おのの》いてもらおう」

俺の言葉に獣人たちが、笑いだす。そして、あちこちから楽しそうに紐を持ってきてくれた。

「ありがとう。バズ、手伝ってくれ」

そういえば、この村の獣人たちはドラゴンを見て驚いてはいたけど、恐怖を感じている者はいなかったな。なぜだろう？

「あの」

傍にいた獣人に声を掛けると、少し緊張した面持ちで俺を見た。

「ドラゴンを見ても怖くなかった？」

「えっ？　怖くはないです。ドラゴン様は、この村をお創りになった存在で、ずっと信仰の対象でしたから」

信仰の対象！　それにこの村を創った？

「そうだったのか」

「はい。とても綺麗なお姿ですよね」

うっとりするような表情でルクスを見る獣人。

彼女の本性がバレる前に村を出発しよう。うん。それがいい。

「ガルガ様」

様？　呼び方に驚いて視線を向けると一人の女性獣人が頭を下げた。

「国に報告する際、私もこの村の代表として一緒に行ってはダメでしょうか？　この村の実情について、直接訴えたいのです」

実情を知るのはこの村に住む者だけだ。一緒に来てくれた方が、話は進むだろう。

「分かった。ルクスに聞いてみるよ」

女性獣人はルクスを見ると、頬を緩める。

「ルクス」

「話は聞いていた、乗せてもいいぞ」

「うわっ」

小さな声を洩らす女性獣人を見て、ちょっと笑ってしまう。

実情を訴えたいのもあるが、ドラゴンに乗りたい気持ちもあるんだろうな。

「ありがとうございます。すぐに準備をしてきます」

興奮気味に走り去る女性獣人。その姿に、周りからくすくすと笑い声があがった。


―ルクス視点―

準備が終わり、ガルガ、バズ。そして村の獣人リサラを乗せ、口には縄でぐるぐる巻きにされた六人の人間と一人の獣人。持ちやすいように、縄に工夫がされているので我は縄を咥えるだけでいい。ぐるぐる巻きの者たちは、揺れが大きくなるだろうが気にしない。

体に力を入れ、乗っている者たちを振り落とさないように注意しながら上空へ上がる。

「綺麗ですね」

リサラの言葉に、バズが答えている声が聞こえる。

「はい。上空から見たこの世界は凄く綺麗です」

そうかな？　我にとっては見慣れている光景なのだけど。

しばらく優雅に空の旅を楽しむ。少しずつ日が落ちてきているのか、見える風景の色が変わっていく。

「あれ？」

何か今光った？　でもここは空の上。光物《ひかりもの》など何もないはずだけど。

「ルクス？　どうした？」

我の状態に気付いたのか？　ガルガは鋭い時があるな。

「上空に光るものがある………人間が落下してくるぞ」

「ルクス、落ちてくるわけではなく、転がって………言い方が悪いな。倒れているのではないのか？」

ガルガの言葉に違うと首を横に振る。

「違う。ちょうど今、落ちてくるところだ」

我の視線を追うガルガ。だがまだ何も見えないはずだ。少し落ちてくる者と距離があるからな。

「あのガルガさん、ルクスさんの言う通り本当に人が落ちてきます」

そろそろガルガでも見えるだろうと思っていると、バズが戸惑った声を出した。

「本当か？」

ガルガはバズの話だとすぐに信じるんだな。なんだろう腑に落ちないな。

「はい。えっと、ドレスを着ている人か獣人です」

あぁ、あのキラキラしたものはドレスか。

「あぁ、本当にあれは落ちてるな。というか、助けないと」

ガルガにもようやく見えたようで、我の上で慌てだす。

「落ち着け。助けるのか？」

「あぁ、ルクスには負担を掛けるが頼む」

別に負担ではない。

「分かった」

少し体の向きを変え、落下してくる者の下に急ぐ。

あっ、下から悲鳴が。体の向きを変える時に、揺れが酷くなったみたいだな。まぁ、気にする事もないだろう。

「あと少し」

ガルガがドレスを着た者に手を伸ばしているようだ。

「届いたか？」

「………よしっ、届いた！」

背に微かに反動を感じた。落ちていた者が乗ったからだろう。

「人の女性ですね。えっと、起こした方がいいのかな？」

バズの戸惑った声が聞こえる。

「生きていたのか？」

「はい。もちろん」

我の言葉に、バズが焦って答える。

「んっ。えっ？　………えっ？　…………死んだのかしら？」

落ちてきた者が目を覚ましたのか、初めて聞くメスの声が届く。

「死んでないぞ。安心しろ」

ガルガの声はちょっと安心させる事が出来る。おそらく、もう大丈夫だろう。

「私、生きているの？」

「そうだ」

「ふっ…………うっ」

どうしたんだ？　苦しそうな声でもないし、言葉が出ないのか？　今まで普通に話しておいて？

「うわぁぁぁぁ」

えっ？　あぁ、泣いているのか。

「怖かったぁぁあ。うぅぅぅ」

もしかしたらメスが我の背を叩いているのか？

背中にポンポンと小さな振動を感じる。

「ありがとうございます。うぅぅぅぅぅ」

感謝を述べながら泣くメス。しかもドレスを着ている。

「なんだろう。面白いものが落ちてきたな」

「こら、ルクス」

あっ、しまった。声に、出ていた。ガルガの咎《とが》めるような声を放置して、そのまま飛ぶ。

「そろそろ着くぞ」

「んっ？　あっ、そうだった。俺たちにはやらなければならない事があったな」

ガルガ、まさか忘れていたのか？

ラクスア国に入ると、一番大きな建物に向かう。

「ルクス、よく王城の位置を知っていたな」

ガルガの感心した声に、小さく笑ってしまう。

「ルクス？」

「王城はその国で一番大きな建物だとリーガスが言っていた。だから目に付く建物に近づいただけだ」

「ははっ。なんだ」

ガルガが呆れた様子で笑いだした。

あれ？　下が随分と騒がしいな。

見ると。武器を持った者たちが集まってきていた。

「やばっ。これって奇襲だと思われていないか？」

ガルガの言葉に、あぁそうかと納得する。

「そう見えるだろうな。どうする？」

「どうするって、村の様子を知らせる事しか考えていなかったな」

困った声が聞こえるので、表情もそんな感じなんだろうな。

「あの、風の力で声を届けたらどうですか？」

あぁバズは風属性だな。それなら、出来るな。

「いい考えだ、バズ。それでいこう。バズ、風を…………王城の一番上。あそこに届けてくれ」

王城の一番上？　建物の一番高いところだな。

見ると、周りと比べると豪華な服を着たオスとメスの獣人が見えた。

「はい」

バズの風魔法で、ガルガの声が豪華な服を着た二人に届く。しばらくすると、武器を持った者たちが構えを解いた。

「ルクス、王城の前の広場に降りよう」

「分かった」

王城の前に紐で縛った者たちを転がすと、我も降り立つ。その姿に、集まっていた獣人たちに緊張が走ったのが分かった。

「うわぁ。本物。ねぇ、本物よ」

メスの興奮した声に視線を向けると、口を手でふさがれた獣人のメスの姿が見えた。

「何をしているんだ？」

「あれはきっと、さっきみたいに叫ばないようにだと思います」

「そう。気にしないのに」

バズが、ドレスを着たメスを支えながら我の背から下ろす。ガルガとリサラが我から降りたのを確認して、獣人化すると集まった獣人たちが一気に騒がしくなる。

「なんだ？」

「ルクスが獣人化したからだろう。リサラも驚いている」

ガルガの視線を追うと、リサラが目を見開いている。

「驚かせたか？」

「いえ、そんな、まったく」

「いや、驚いているだろう。言葉がおかしいぞ」

ガルガが楽しそうに笑うと、リサラが困った表情を見せた。

「すみません。まさかお姿を変えられるとは思わなかったので」

我に頭を下げるリサラ。

「別に気にしない。それより、誰か来るぞ」

我の言葉に、近づいてきた者に我々の視線が集まる。それに少し緊張した面持ちを見せる、犬の獣人。周りがその獣人に敬意を表しているので、ラクスア国の重鎮《じゅうちん》だろう。

「ドラゴン様。お会いでき光栄です。私はラクスア国の王コロジール・ラクスアといいます。どうぞよろしくお願いいたします」

温和な笑みを見せ、我に向かって頭を下げるコロジールにちょっと戸惑う。

まさか、我に声を掛けてくるとは思わなかった。

「我はルクス。あ～…………急に訪れて悪かった」

おい、ガルガにバズ。どうしてそんなにビックリした表情をしているんだ？

「ルクスが真面目な事を言うなんて」

我にも出来るわ。まぁ、記憶の中から引っ張り出した言葉だが正解だろう？

それにしても、ガルガとバズは我をなんだと思っているんだ？

じろっと睨むと、ガルガは笑って視線を逸らした。

「すみません、ラクスア王。私は、ルクスと旅をしているガルガといいます。話を聞いていただけますでしょうか？」

ガルガは顔を引き締めると、コロジールを見る。

彼はガルガの言葉に頷くと、温和な表情が消えた。

「先ほど少し伝えたように、ラクスア国の辺境地にメディート国の者が侵入。村の者を人質に取り、ドラゴンの森の守り手を殺害しようとしました。我々は偶然、ドラゴンの森で不審者に遭遇。メディート国の思惑を知り、人質を救出。これからの事をお願いしたいために、ラクスア国に来ました。こちらはリサラ。辺境地に住む村民です。詳しくはこの者から聞いてください。あとそこに転がっているのが、侵入してきたメディート国の者と裏切り者の村長です」

ガルガに紹介されたリサラは、コロジールに深く頭を下げる。

「話は分かりました。すぐに対応いたします。リサラ殿、大変な目にあっている事に気付けず、申し訳なかった」

コロジールの言葉に涙を浮かべて首を振るリサラ。

どうやら、ラクスア国の王は話の通じる者のようだ。

コロジールは騎士団長を呼ぶと、空の旅で意識を失っている者たちを連れていかせた。

「ラクスア王、すみません。言い忘れていた事があります」

コロジールがガルガを見る。

「ドラゴンの森にも奴等の仲間がいますが、話を聞きますか？　それとも森の守り手たちに任せますか？」

コロジールはガルガと我を見ると、少し考え込む。

「話を聞きたいので、申し訳ありませんが森の守り手をご紹介いただけますか？」

「分かりました。伝えておきます」

「ありがとうございます。こちらからは使者を向かわせます」

ガルガとコロジールが頭を下げ、どうやら話は纏まったみたいだ。

「これで問題は解決だな」

ガルガを見ると、嬉しそうに頷く。どうやら満足のいく結果だったようだ。

「こちらの問題は解決しましたが、あの女性はどうしますか？」

バズの言葉に、すっかり忘れていた落ちてきたメスを見る。我やガルガに視線を向けられたメスは、少し恥ずかしそうに頬を染めた。

「えっと、先ほどはすみません。あんな醜態《しゅうたい》をお見せしてしまって…………」

「別に醜態ではないだろう」

「えっ？」

驚いた表情で我を見るメス。

そういえば、このメスは獣人ではなく人間のようだな。薄い茶色の目と茶色の髪だから土属性か。あっ、毛先が金色になっているという事は光属性も持っているのか。

「泣いただけだろう？」

「えっと、ですが大声をあげてしまい」

「それだけ『何かがあった』という事だろう？　気持ちを爆発させる事は悪い事ではない。泣いた事を『醜態』と言う奴は、屑だ」

「…………はい」

んっ？　人間のメスの口元が微かに上がるのが見えた。それに首を傾げる。どうして笑っているんだ？

「ルクス、えっとお嬢さん。話が出来るように、場所を借りたから行こう」

いつの間に？

ガルガを見ると、初めて見る獣人のオスと共にいた。

「誰だ？」

「借りる部屋まで案内してくれるんだよ」

「そうか。助かる」

獣人のオスを見ると、もの凄く緊張しているのか小さく震えている。

「大丈夫だって、ルクスは恐ろしい存在ではないから」

獣人のオスの様子を見たガルガが、彼の肩をポンと叩く。それに少し飛び上がる獣人のオス。

「あっ。悪い」

まさかという表情をするガルガ。彼もそれほど驚くとは考えていなかったようだ。

「いえ、失礼いちゃ…………いたしま、した」

大丈夫か？　こいつ。

ジッと我が見ると、額から汗が伝うのが見えた。

「ルクス」

「なんだ？」

ガルガを見ると、可哀そうなものを見るような目で獣人のオスを見ていた。

「ルクスの存在が緊張するみたいだから、ジッと見るな」

「そうか、分かった」

我の魔力と相性が悪いのかもな。

獣人のオスから視線を逸らし、少し離れる。

「部屋はどこに？」

「すみません。尊い方に会って、落ち着かないんです。部屋はこちらです」

獣人のオスから出た「尊い方」を少し不思議に思いながら、ギクシャク歩く彼に付いていく。

「こちらです。すぐにお茶とお菓子を用意します。あっ、お食事の方がいいでしょうか？」

我は見ず、ガルガだけを見て問う獣人のオス。

なんだか、彼の態度が面白くなってきた。近づいて反応が………あ～ガルガから視線を逸らす。

どうやら、我の気持ちがバレたようだ。睨まれた。

「食事はいらないです、ありがとう」

「分かりました」

獣人のオスは我々に頭を下げると部屋を出ていく。ゆっくり歩き去る獣人のオスは、ある程度離れると急に走りだした。しかも「いやっほう」と叫んでいる。彼は大丈夫なのか？　あっ、バズも彼の去った方を見て唖然としている。ガルガには聞こえなかったみたいだな。

しばらくすると、表情を引き締めた獣人のオスが入ってくる。そしてお茶とお菓子を用意すると部屋を出ていった。なんとなく、彼の様子を窺う。曲がり角二個目で走り出し、今度は「上手く出来た」と叫んでいる。面白い。

「お嬢さん」

「はい」

正面に座って話しているガルガと人間のメスを見る。

「貴族か？」

「はい」

「そうか。悪いんだが、話し方をいつも通りにさせてもらう。かしこまって話すのは苦手なんだ。問題ないか？」

「あっ、はい。問題ありません」

人間のメスは頷くと、お茶を一口飲む。

「ありがとう。それじゃ、名前は？」

人間のメスは背を伸ばすとガルガを見る。

「カシャート国オフィル侯爵家の次女ミルフィ・オフィルといいます。皆様のお陰で死なずにすみました。本当に、ありがとうございます」


―落ちてきた女性　ミルフィ視点―

攻撃魔法から逃げられないと思った時、会場に掛けられていた防御魔法が作動したのが分かった。でもなぜか二つの魔法はぶつかり合って暴発し、私の意識はそこで途切れた。

強い風を感じ目を覚ますと、私はなぜか空にいた。何が起こったのか理解できなかった。でもそれ以上に、現状をどうすればいいのか分からず不安に襲われた。私の魔法は土属性。風属性なら体を浮かせられたかもしれないけど、私は出来ない。

私は、死を感じた。ここで終わってしまうのだと。

でも私は助けられた。ドラゴンという伝説の生き物に。

まさか、ドラゴンが現れ助けられるなんて思ってもいなかったから、最初は唖然とした。次に助かったと分かった瞬間、嬉しさ、悲しさ、悔しさ。いろいろな感情に襲われ、気持ちを抑えられなくなった。

いつぶりだろう、あんなに声をあげて泣いたのは。

正気に戻った瞬間、羞恥《しゅうち》に襲われた。淑女教育も終わりに近づいた十七歳。まさか、あんな醜態をさらすなんて。

でも、ドラゴンのルクス様の言葉に心が軽くなった。

ドラゴンの背に乗り、向かった場所はラクスア国らしい。何があったのか分からないが、問題がありここに来たようだ。

私は邪魔にならないように静かに様子を窺った。命の恩人たちの邪魔をするわけにはいかない。

しばらく様子を見ていると、ラクスア国の王との話し合いは無事に終わったようで、ドラゴン様の仲間たちがホッとした様子になった。

それに私もホッとした。でもガルガさんという方が私を見た時、次は私だと緊張した。

でも、命の恩人に嘘は言いたくない。何より、私はもう自分に正直に生きたい。

「どうして空にいたんだ？」

ガルガさんが当然の質問をする。でも、私はその答えを知らない。

「申し訳ありません。それが私にも分からないのです」

「分からない？」

「はい」

嘘は言っていないと信じて欲しくてガルガさんを見る。

「そうか。言いたくなければいいんだけど、覚えている事を話してくれるか？」

「はい」

話そうとすると婚約者の顔を思い出し苛立った。

「ミルフィ？　大丈夫？」

あっ、失敗した。

一回深呼吸をする。

もう、マルファ様なんかに振り回されたくない。

「はい、大丈夫です。私には婚約者がいます」

いましたと過去形にしたいけど、まだ婚約者のはずだから。

「彼は父の友人のベルフォア公爵家長男マルファ様。幼い頃に婚約してそれなりに良い関係を築いていると思っていました」

そう、私は燃えるような愛はなくても良い関係を築けていると思っていた。

「ですが学園に通いだしてから、マルファ様は変わりました。女性たちを周りに侍《はべ》らせだしたんです」

最初は、優しい彼に女性たちが集まっているのかと思っていた。彼は、本当に優しい人だと思っていたから。でもあれは違う。今考えれば、優しいから集まっていたのではない。マルファ様が、それを許したから女性たちが侍ったのよ。

「私は何度も彼に態度を変えて欲しいと注意しました。そのせいで、彼に侍る女性たちから暴言を吐かれましたが。いずれ結婚するのです。少しでも彼に態度を改めて欲しかった」

今考えれば、無駄な時間だったわ。

「でも彼はまったく変わらず。だから私は家族に助けを求めました。でもお父様もお母様も『優しい方だから女性が勘違いしても仕方ない』というのです。婚約は家同士の契約です。だから私は我慢しました。マルファ様に侍る女性たちの嫌みや攻撃にも」

思い出しただけで腹が立つわ、マルファ様に。いえ、彼だけではない。お父様もお母様も、そしてマルファ様の両親も。

「どいつもこいつも、本当に苛立ちますわ」

「「えっ」」

ガルガさんとバズさんが驚いた表情で私を見ています。もしかしたら醜悪な表情をしているのかもしれません。でも、気持ちが抑えられません。

「マルファ様。いいえ、マルファなんて屑よ。何が優しいよ。あんなのただの女好きなだけじゃない。お父様もお父様よ。注意してくれたってていいのに、何がこれからの関係が悪くなっては困るよ。私が困っているんだから助けなさいよ！　私を助けてくれたのは、お兄様だけ。お母様なんて、お父様を困らせないでって。私の事はどうでもいいというの？　私がマルファのために何度泣いたと思っているのよ！　どうして婚約者がいる男性に媚びる女たちに嫌味を言われないとダメなの？　背中を押されたり、足を引っかけられたりしないとダメなのよ！」

あぁどんどん、怒りが湧いてくる。こんなのいつもの私ではないのに。

「そんな屑は、捨てればいい」

「はい、ルクス様。私はどうして我慢をしていたのかしら。あんな屑のために」

視界が滲み、ぽろぽろと涙が落ちる。ずっと、ずっと我慢してきた。家族が困らないように。マルファ様に嫌われないように。

「とうとう名前で呼ばれなくなりましたね」

「話を聞く限り屑で十分だろう」

ルクス様と一緒にいるバズさんとガルガさんの言葉に、ちょっと笑ってしまう。

「はい。あんな奴は屑で十分です。私の家族も………屑です」

私は元々お転婆《てんば》だった。外で遊ぶのが大好きで。でも婚約してからはいろいろな事がダメだと言われた。ベルフォア公爵家を継ぐ屑のために。

それなのに、我慢した結果がこれ？

私は騎士になりたかった。幼い頃暴れた馬から私を助けてくれた女性騎士。あまりにかっこよくて、いずれ自分も騎士にと。でもそれは儚《はかな》い夢。私はオフィル侯爵家の次女だから。

「夢をあんな屑のために諦めたなんて」

「何になりたかったの？」

「騎士です」

「えっ」

んっ？　バズさんが嫌そうな表情をした。もしかして騎士が嫌いなのかな？

「今からではなれないのか？」

ルクス様の言葉に涙が止まる。

「今から？　それは無理だと思います」

幼い頃から騎士を目指してようやくなれるものだから。それに私はずっと貴族令嬢として生きてきた。家を追い出されたら、どうしたらいいのかも分からない。そうだ。どんなに嫌だ、嫌だと言っても家からは逃げられない。

「私は貴族令嬢として生きてきたので、騎士になりたいと言ったら家を追い出されるかもしれません。そうなれば一人で生きていかなければなりません。お金の稼ぎ方も知らないので…………」

なんて恥ずかしいんだろう。どんなに怒ったところで私は…………一人では何も出来ないんだ。

「家に帰りたい？」

「帰りたくないです」

あっ、無意識に答えてしまった。そうか。私は家に帰りたくないんだ。何も出来ない私には、なんて無意味な希望なんだろう。

ルクス様を見る。そして笑った。

「でも私には家に戻る以外の選択がありません」

「酷い顔」

「こら、ルクス。なんて事を言うんだ」

ルクス様を怒るガルガさん。バズさんは楽し気に笑っている。

よいな、こんな風に話して笑い合える仲間がいて。私の学園での評価は、屑の周りに侍る女性たちのせいで最悪だった。その噂を信じたのか、それとも関わりたくないからか、友人なんて出来なかった。あっ、たった一人だけ。私の事を支えてくれた友人がいたわ。私が攻撃された時、最初に危ないと叫んでくれた友人サーリャ。彼女は私の傍にいたけど、怪我などしていないかな？　心配だな。

「ミルフィ」

「はい」

ルクス様に視線を向ける。

「我は、これから幸せを探すために旅に出る」

「えっ？　幸せ？」

戸惑った私に向かって頷くルクス様。

「そう。我の友が、我が幸せになる事を願っていた」

「そうなんですか」

えっと、私はどう答えたらいいのかしら？

「ミルフィは今、幸せか？」

「幸せ………いいえ、私はここずっと幸せではありません」

婚約者と家族のせいで、でも…………私の居場所は、他にはない。

「私はやり方を間違ったのでしょうか？」

「そんな事はありません」

バズさんを見る。彼はとても優しい表情で私を見ている。

「今はミルフィ様の話しか聞いていないので、断言は出来ません。でも話を聞く限り、ミルフィ様の婚約者が悪いです。そしてそれを助長させたのは、間違いなく婚約者の両親とミルフィ様の両親です」

「ありがとう」

ずっと私の態度が、私の行動が悪いのかもしれないと考えてきた。だから彼は変わってしまったかもしれないと。

「ずっと不安だったの。私のせいかもしれないって」

ポン。

「えっ？」

ガルガさんの手が私の頭の上に載る。その不思議な行動に、どうしていいのか分からず困惑する。

これは動いたらダメよね？　そもそも手が載っているから動けないし。でもどうして？

「ははは。そんなに困った表情をしなくても。頑張ったな。偉いぞ」

ちょっと乱暴な手が、頭を撫でる。

昔、お父様に頭を撫でられた事があった。「偉いぞ」って。どうしてお父様は、私を助けてくれなかったのだろう？

「ふっ。うぅぅぅ」

両手で顔を覆う。さっきも沢山泣いたのに。まだまだ泣けるなんて、これはきっと一生分だ。

「今日は、このまま城で寝泊まりする事になっているから。落ち着いたら風呂を借りて寝ろ。

ミルフィは疲れすぎているんだ」

ガルガさんの言葉に、泣きながら頷く。


窓から入る光で目が覚めた。

「あれ？」

目が開けにくい…………もしかして、昨日泣いたからかな？

「おはよう…………酷い顔」

えっ、誰？

「ルクス！　その言い方はダメだ。ミルフィ、目が腫れているぞ。冷たい水で冷やした方がいい」

あぁ、そうか。昨日は、皆と一緒の部屋に泊まったんだ。なぜか、ガルガさんとバズさんがルクスさんを一人には出来ないと言い出して。私も一人になりたくなくて、一緒の部屋にいさせてもらったのよね。お願いした時は、ドキドキしたな。寝られるかなって思ったけど、ぐっすりだったわね。

「ふふっ」

「どうした？　はい」

「えっ？」

ガルガさんからタオルを受け取る。

あっ、冷たい。冷やしたタオルを作ってくれたんだ。

「ありがとうございます」

目に当てると、目の周りに熱がある事が分かる。

「気持ちいい」

「それはよかった。それよりどうして笑ったんだ？」

「それは…………」

今更、恥ずかしがってもね。昨日の醜態を見られているんだから。

「今日初めて会った方と同じ部屋で寝られるのか心配だったけど熟睡できたので、自分でもビックリしちゃって」

「いろいろあって疲れていたんだろう。少しは落ち着いたか？」

タオルを目に当てているのでガルガさんの表情は見えない。でも、彼が心配そうに私を見ている気がした。

「はい。ありがとうございます」

「それは、良かった。朝ご飯がもうすぐ来るから食べようか」

「はい」

昨日のような苛立ちは落ち着いている。怒りのような感情も。

昨日、この部屋に案内してくれた男の獣人が、朝ご飯をワゴンに載せ持ってきてくれた。

「ガルガ様。王が話をしたいと言っています」

「分かった。朝ご飯を食べた後でいいか？　あっ、朝ご飯はそのままでいいよ、こっちで勝手にやるから」

「分かりました。では、一時間半後に迎えに参ります」

「分かった、ありがとう」

ガルガさんは凄いな。私が王に呼ばれたら緊張して朝ご飯は食べられないと思う。

バズさんとガルガさんが、ワゴンからテーブルに朝食を移動している。

「手伝います」

ルクス様を見ると、窓から外を眺めているのが見えた。何か考え事だろうか？

「ルクス。一緒に食べるか？」

ガルガさんが呼ぶと、ルクスさんがテーブルの上の料理を見る。

「うまそうか？」

「城の調理長が作ったものだ。きっとうまいに決まっている。食べないと損をするぞ」

ガルガさんの言い方に笑ってしまう。

「ガルガさん、言い方がダメだと思います」

「そうか？　大丈夫。ここには俺たちしかいない」

「上にいるぞ」

ルクスさんがガルガさんを見て、指を天井に向けて指す。

「上？」

「あぁ、三人。あれ？　慌てている」

天井を見るルクスさんに、ガルガさんとバズさんが天井を見る。つられて天井に視線を向けるが、私には分からない。

「もしかして監視か？」

ガルガさんの言葉にバズさんが息を呑む。

「監視？　あっ、誰もいなくなった」

「「……………」」

部屋が静かになる。

「よしっ、ここは王城。監視ぐらい当たり前なんだろう。気にするな。飯が冷める。食うぞ」

「そうですね」

ガルガさんとバズさんは気にしない事にしたようだ。ルクスさんは元々気にしていないように見える。

「…………」

天井を見る。

「昨日の私は、叫んで、泣いて、ふて寝…………全部、見られていたの？」

「ぶっ」

ガルガさんがスープで咽《むせ》ている。

「大丈夫ですか？」

「あぁ。大丈夫だ」

バズさんは、気配りの出来る人だな。

「ミルフィ、食べよう」

ルクス様の言葉に頷くと椅子に座る。

「どうぞ」

ガルガさんからスープの入った器を受け取る。一口飲むと温かく優しい味がした。

「温かい、それにおいしいです」

「それは、良かった。食べて落ち着いたら、お風呂を借りれるようにしたから」

ガルガさんの言葉に首を傾げる。お風呂だったら昨日…………昨日？　あれ？　記憶が。

あぁ、そうだ。昨日私は号泣して、落ち着いた後に皆で泊る事になって、そしてまた話を聞いてもらって…………また泣いてしまって、そして泣きながら寝てしまったんだわ。なんて事、十七歳にもなって。

「気にするな。それだけ心が疲れていたって事だ」

「はい」

でも、気になる。口の周りを拭く。まさか涎《よだれ》とか大丈夫だよね？

「少しは落ち着いたか？」

食事が終わり、ゆっくり過ごしているとガルガさんが私を見た。

「はい」

「そうか。よかった」

微笑んだガルガさんを見ると、心が温かくなる。

窓から外を見る。今日はとてもいいお天気で太陽の光が眩しい。

私は、家に戻って…………戻る？　戻りたい？　本当に？

「苦しいな」

「自分を大切にしろよ」

えっ？

小さな呟きの後に聞こえた言葉に、ドキッとした。

ガルガさんを見ると、優しい目をしている。

「後悔しないようにな。どうせ、生きていればいろいろな事に後悔する。それなら、今は後悔しないようにするんだ。結構重要だぞ」

「そうですよ。我慢して後悔する人生を送るのが嫌なら、思い切って決断するのもよいですよ。俺も家族を捨ててきたんです。拾ってくれたのがガルガさんとルクスさんでよかった」

バズさんが家族を捨ててきた？　こんないい人が、そんな決断をするなんて。どんな家族だったんだろう？

「お風呂に入ってスッキリしておいで」

ガルガさんとバズさんを見て頷く。

うん。頭をスッキリさせて、私の幸せを考えよう。今なら、ちゃんと向き合えると思うから。

「はい。行ってきます」


―ドラゴン　ルクス視点―


頬を赤くしてスープを飲むミルフィを見る。

目は腫れているが、昨日より明るい表情をしている。昨日は酷い顔をしていたからな。あっ、この言い方はダメだとガルガに怒られるな。

「ルクスは食べないのか？」

「あぁ、今日はいらない」

別に我に食べ物は必要ない。ガルガたちを見ていると食べてみたくなるが、今日はならない。

「そうか。うまいのに」

その「うまい」が我には分からないからな。

「このパンもおいしいですよ。やっぱり王城で出る料理だけありますね」

バズの嬉しそうな表情にガルガが笑っている。

「「「ごちそうさまでした」」」

食後、少し休憩をするとミルフィがお風呂に行った。

「ルクス。これからどうする？」

ガルガを見ると、ミルフィが出ていった扉を見ていた。

「ミルフィが気になるのか？」

我の言葉に肩を竦めるガルガ。バズも気になるのか、扉をチラッと見た。

「まぁな。でも貴族の事に俺たちが口を挟むのはまずい」

んっ？

「自分を大切にしろ」と言っておいて？

「そうですね」

　待て、バズも「思い切って決断を」と話していただろう。

「言っている事と、やっている事が合っていないぞ」

　我でもおかしいと分かるぞ。

「いろいろと経験した者からの、些細な助言だ」

「はい。僕も経験者からのちょっとした小話です」

　二人の言葉に笑ってしまう。バズは、少しずつ変わってきているな。

「それより、なぜ貴族の事に口を挟めないんだ？」

「あぁ。カシャート国がどんな考えの国なのか詳しくは知らないが、どの国の貴族も平民と深く関わるのを嫌がる。中には友好的な関係を築ける者もいるけどな」

　そういうものなのか。貴族というのは面倒なんだな。

「貴族の無駄な矜持という奴ですよね。僕にとっては、無意味なものです」

「バズは貴族なのに、変わっているな」

　ガルガを見てバズは首を横に振る。

「騎士爵は貴族といっても一番下ですから。平民とそんなに変わりませんよ。まぁ、僕の両親は代々続くその騎士爵に誇りを持っていましたが。僕には誇りではなく足枷《あしかせ》でした」

　寂しそうに笑うバズ。

「今はその足枷はなくなっただろう？」

「はい」

バズの嬉しそうな表情に、ガルガがホッとした表情をした。

「それで、どうするんだ？」

ガルガの視線が我に向く。

どうすると言われても………。

「ガルガはどうしたいんだ？」

「俺としては、ミルフィが住むカシャート国に行こうかと考えている。彼女は貴族だ。俺たちの旅に付き合わせるのは悪いからな。馬車でも借りれば、三週間から一月《ひとつき》で着くだろう」

そんなに掛かるのか？　飛んでいったらすぐなのに。

「言っておくが、飛ぶのはダメだぞ。昨日のように、奇襲と間違われる」

あぁ、そういえばそんな事もあったな。

「カシャート国に行ったら冒険者登録をして、冒険者の活動をしないか？」

「それならラクスア国で登録したらどうだ？」

わざわざカシャート国に行ってから登録しなくても、近場でいいだろう。

ガルガがバズを見る。そして首を横に振った。

「ラクスア国はバズの住んでいた国だ。ここで冒険者登録をすると、彼の家族が捜していた場合に見つかるのが早くなる。登録したら、いつかはバレるだろう。でも、国が違えば、バレるまでに時間が掛かる」

「へぇ、そういうものなのか」

「あぁ」

「あの、すみません。僕のせいで」

バズが申し訳なさそうに頭を下げる。でもガルガがそれを途中で止める。

「謝る必要はない。そうだろ？」

ガルガが我を見る。

「あぁ、ガルガの言う通りだ」

「はい」

ギュッと両手を握り締めるバズ。

そうか。この国がバズの国だったのか。んっ？

「家出していたよな？」

「はい」

「バレないうちにとっとと出ていった方がいいな」

我を見て、嬉しそうに笑うバズ。やはり、早くここから離れたいのかもしれないな。

コンコンコン。

「失礼します。戻りました」

部屋に戻ってきたミルフィを見て、ガルガとバズが驚いた表情をする。

「あの、似合いますか？」

ミルフィはドレスではなく、平民が着るような服を着ていた。

「どうしたんだ？　俺たちの面倒を見てくれている獣人にドレスをお願いしておいたんだが」

ガルガが少し戸惑った様子で、扉に視線を向ける。

「用意してくれていました。でも、一人で着られる服をお願いしたんです。えっと、似合いませんか？」

「うん。似合わないいな」

「ルクス！」

またガルガに怒られた。なぜだ？　正直に話しただけなのに。

「悪いな。えっと……………似合うかな？」

ガルガの返答に、ミルフィが楽しそうな笑い声をあげた。

「ふふっ。無理に褒めなくていいですよ。私も鏡を見て驚きました。まったく似合っていないので」

ミルフィの所作が綺麗だからだろうか？　どこか服が浮いている。

「あの、ルクス様。お願いがあります」

我の前に来たミルフィが緊張の面持ちで我を見る。

どうして、ガルガとバズまで緊張しているんだ？

「あの…………私も旅の仲間に加えてください。お願いします」

頭を下げるミルフィを見る。

「悪い」

「ダメですか？」

悲し気に我を見るミルフィ。

「そうではなくて。旅の決定権は全てガルガにあるんだ」

「えっ？」

ミルフィがガルガを見る。彼は眉間に深い皺を作り我を見る。

「全てではないだろう？」

そうだっけ？　いや、最終決定権はガルガだろう。

「ガルガさんだと思いますよ」

ほら、バズだってそう言っている。

「そうか？」

「うん」

絶対にそうだ。

「はい」

バズも賛成しているんだから。

「ガルガさん、お願いします」

ミルフィに頭を下げられたガルガが困った表情をする。

「いや、旅は大変だぞ」

「大丈夫……とは言えませんが、頑張ります。あの、食器を洗うのだって料理だって覚えます。最初はその、いろいろと迷惑を掛けると思いますが。ダメでしょうか？」

不安そうにガルガを見るミルフィ。

「…………はぁ。そうだな、面倒を見るのが二人から三人になるだけだな」

んっ？　それはもしかして我とバズの事か？

「ははっ。ガルガさん、これからもよろしくお願いしますね。末永く」

バズが楽しそうに言うと、ガルガが呆れた表情をする。

「末永くって」

「我も頼むな」

「ルクスはもう少し謙虚に言ってくれ」

謙虚に？

「頼んだぞ」

「いや、違うだろ！」

ガルガの突っ込みに、バズとミルフィが笑う。

「そうか？」

「お願いしますだろ？」

「お願いします」

「「ぷっ」」

我の言葉にバズとミルフィが噴きだす。

「まったく心が籠っていないだろう。少しは気持ちを込めろ」

「お願いします？」

心を込めて？　難しいな。

「疑問形で言うのはおかしいだろう。はぁ、もういいよ。頼まれた」

「そうか」

「まったく」

呆れた様子を見せるガルガ。バズとミルフィは、そんな彼を見て楽しそうだ。

「よし、これからの事も決まったし。用意したら行くか。あっ、ミルフィが冒険者になるなら、カシャート国で冒険者登録はしない方がいいか。ミルフィの家族に居場所がバレる」

「バレるでしょうか？」

ガルガの言葉に、ミルフィは首を傾げる。

「貴族だから、間違いなく捜されているはずだ。そして聞いた話から考えて、冒険者ギルドに捜索依頼が出されていると思う」

「あっ、そうですよね。あの、私…………家族に冒険者になる事を宣言してから登録したいです」

「「えっ！」」

ミルフィの宣言に驚いた表情を見せるガルガとバズ。

「私は今まで、家族に自分の考えや思いを伝えた事が一度もないんです。だから、私が婚約解消をしたかった事や婚約者や家族に何を思っていたのか、伝えたいんです」

「悲しい反応が返ってくるかもしれないですよ」

バズが悲しそうな表情でミルフィを見る。

「そうなる可能性が高いです。でも、最後に自分の思いをぶつけたいんです」

「婚約解消を認めて、謝ってきたらどうするんだ？」

ガルガの言葉に、ミルフィは少し困った表情をする。

「分かりません。本当に謝ってくれた時は…………家族の下に帰るかもしれません」

「そうか」

「すみません、中途半端で」

顔を伏せるミルフィに、ガルガが笑う。

「そんな事はない。ミルフィの中で必要な事なんだろう」

「はい」

「だったら胸を張って、家族と向き合えばいい」

「はい、頑張ります。もし家族に私の思いが伝わらなかったら、その時は冒険者になると宣言します。そして無理矢理私を捕まえようとしたら、何がなんでも逃げます。いや、でも逃げられるかな？」

「我が手を貸すぞ」

燃やすのはダメだろうから、建物を半壊するぐらいでいいだろう。

「お願い――」

「待て、ルクスにお願いすると被害がデカくなる。えっと、とりあえず家族と一度話をしたいんだな」

ガルガを見て真剣な表情で頷くミルフィ。

「はい。今まで我慢していた事も全て話して、そして冒険者になる事も宣言します」

冒険者になる事は宣言なんだな。面白い。

「はぁ、分かった。とりあえず、カシャート国に向かおう。その間に、逃げられるように体力づくりするか」

「はい！」

嬉しそうに笑うミルフィに、困った表情をするガルガ。バズはそんな二人を見て笑っている。

「とりあえず、これからの事は決まったな。片付けたら、行くか」

ガルガが立ち上がると、テーブルを片付けだした。

「手伝います」

ミルフィはガルガの真似をして、使ったお皿などをワゴンに載せていく。バズは、そんな二人を見ながら部屋を片付けだす。

食器の片付けも終わり、部屋の掃除も終わる頃、獣人のオスが部屋に来た。彼はテーブルとワゴンを見て、我々に頭を下げる。

「お手を煩わせ申し訳ありません」

「いや、面倒を見ると言ってくれたのに断ったのは俺たちだから。自由にさせてもらえて感謝している。ありがとう」

複数の獣人が我らの面倒を見ようとしたが、ガルガが断った。他人が傍にいると落ち着かないので、必要ないと。

「森にいるアグーに手紙を渡してもらいたいのだが、頼めるだろうか？」

「はい。森に行く騎士団がいますので、渡しておきます」

ガルガは手紙を獣人のオスに渡すと、軽く頭を下げた。

「世話になった。ありがとう」

「いえ、私も楽しかったです」

そうだろうな。この部屋から出ていく度に楽しそうに叫んでいたもんな。バズも聞こえていたからだろう。下を向いた状態で肩が揺れている。きっと笑っているな。

王城を出て王都を歩く。

「あのガルガさん」

「どうした？」

「私が着ていたドレスを売ってお金に換えたいのですが。宝石もあるので、かなりの資金になると思うんです」

ミルフィを見るガルガ。

「いいのか？　売ってしまったら、二度と手にする事は出来ないぞ」

「問題ありません。屑からのプレゼントなど、二度と見たくないので」

ミルフィが言い切ると、ガルガが頷く。

「それなら問題ないな。高値で売れる場所を探すか」

「はい」

ガルガが通りすがりの獣人に話を聞くと、ある店を紹介された。

「バズ。大丈夫か？」

「はい。大丈夫です」

バズは今。顔を隠すためにマントをかぶっている。しかも顔には大きなマスクをしているので、目だけが見えている状態だ。

「バズさん、なんだか、かっこいいです」

「えっ？　そうかな？」

照れ笑いするバズ。そんな彼にガルガが温かな視線を向けている。

「あった、あの店だな」

ガルガが指した店は、古いがとてもいい雰囲気があった。

店に入ると、丸眼鏡を掛けた獣人のオスが奥の部屋から出てきた。

「いらっしゃい。今日はどんな御用ですか？」

獣人のオスは我々を順番に見ると、首を傾げた。

「ドレスを売りたいんだ、査定を頼む」

ガルガがミルフィに視線を向けると、彼女は頷きドレスを獣人のオスの前に置いた。

獣人のオスは、ドレスを見るとチラッとミルフィを見た。

「そこそこのものですね。一級品の生地ではないですが、縫製《ほうせい》はしっかりしています。宝石は数があるのでそれなりの金額となりますが、中には屑と呼ばれる宝石が交ざっていますね」

「えっ？」

獣人のオスの評価に、驚いた表情をするミルフィ。

「今、計算しますね」

獣人のオスはそんな彼女をチラッと見たが、査定価格の計算を始めた。

「屑と呼ばれる宝石に二級品の生地。はっ、嘘でしょう？」

ミルフィの表情が険しくなっていく。

「だ、大丈夫か？」

ガルガはミルフィを見ると、ちょっと引いている。

「ふふっ、一級品の生地と宝石を使ったドレスだと聞いたのですが、違うみたいです」

ガルガは生地の評価をした獣人のオスを見る。彼は、視線に気付いたのか首を横に振る。

「私は、嘘は言っていません。この生地は一級品とは違いますし、屑と呼ばれる宝石も交ざっています」

「そうか」

ミルフィは大きく一度深呼吸すると、気持ちを落ち着けたのか表情が戻る。

「査定額が出ました、こちらです」

獣人のオスは紙に書いた金額を、ガルガとミルフィに見せる。

「ガルガさん。これがあれば、旅の準備は出来ますか？」

ミルフィは心配そうにガルガを見る。それに彼は笑う。

「あぁ、お釣りがくるくらいだ」

ガルガは安堵した表情になるミルフィの肩をポンと叩いた。

「お売りしますか？」

「はい」

獣人のオスの言葉に嬉しそうに答えるミルフィ。

資金か。

「我も用意した方がいいのか？」

「ルクスの準備は、獣人たちがしてくれたから問題ないぞ」

そうだけど、少し旅を経験して分かったが、いろいろと必要となる。それらを購入する資金は必要だろう。

「ルクス」

ガルガを見る。

「気になるのか？」

「そうだな」

ガルガには世話になっているしな。

「そうか。だったら資金が足りなくなったら言うよ。その時に、ルクスの持っているものを売ろう」

「分かった」

今は十分に資金があるという事か。でももし足りなくなったら………何を売るんだ？　我の持っているもの？　あっ！

「ドラゴンの鱗――」

「あぁ、ルクス」

焦ったように大きな声を出すガルガ。バズも隣で慌てている。

「それはダメだ」

「そうなのか？」

「バズ、あとを頼む」

バズに声を掛けたガルガは、我の腕を掴むと店を出る。彼は周りを見て、獣人がいない場所を見つけるとそこに向かう。

「どうしたんだ？」

ガルガは立ち止まると、我に視線を向ける。

「獣人が治める国では、ドラゴンの素材はもの凄く人気なんだ」

「そうなのか？」

「あぁ、特にドラゴンの鱗は。防具にも剣にもなり薬の材料にもなると言われている」

「確かに、そうだな」

「もし、ドラゴンの鱗を売ったりしたら、大注目される。そうなったら、絶対にトラブルに巻き込まれる」

「そうか。別の素材もダメか？」

「ドラゴンから取れるものは全てダメだ。他のものを頼む」

「分かった。あれ？　そういえば、メディート国ではドラゴンは架空の存在だと言われていなかったか？　ドラゴンの素材と聞いて、どう思っていたんだ？」

「偽物だと思っていた。実際にドラゴン素材としてオークションに出されたものを見たが、あれは偽物だったからな」

ドラゴンの素材はダメか。でも我の持っているもので、簡単に売れるのは鱗ぐらいなんだが。鱗だったら、すぐに生えてくるし。

「お待たせしました」

ミルフィの声に視線を向けると、我もガルガも驚く。

「髪……どうした？」

ガルガが戸惑った様子で問う。それに笑顔で応えるミルフィ。

「邪魔だしお金になるというから売りました。凄く頭が軽くていいですね」

腰ほどまであった髪が、肩の辺りにまで短くなっているミルフィ。

「はぁ」

ガルガが大きな溜め息を吐く。

「あはは。ミルフィさんは思いっきりがよいです。急に髪を掴んでナイフで切るから、本当に驚きました」

バズの言葉に、笑うミルフィ。

「驚かせてごめんなさい。でもこれは、私の決意表明みたいなものです」

「まったく。貴族女性にとって髪は大切なものなのに。まぁ、もう切ってしまったんだから何を言っても無駄か。よしっ、ミルフィの旅の準備をするか。まずは服と武器…………は必要か？」

ミルフィは、ガルガの説明に期待を込め頷く。その楽しそうな表情にガルガが笑う。

「分かった。武器もだな」

「はい。ありがとうございます」

ミルフィの服を買う事になり、ドレスを売った店の周りを歩く。

歩きながら、周りの雰囲気を見る。ラクスア国は獣人の国だが、人間も結構いるんだな。特に二つの種がいがみ合っているようにも見えない。いい関係が築けているのか。

「店主が教えてくれたのは、あそこの角にある店ですね」

「店主って？」

「ドレスを売った獣人のオスが、お薦めの服屋を教えてくれたんです」

「そうだったのか」

ガルガは店に着くと中を覗き込み、ミルフィを見た。

「ここは、ミルフィだけで行ってくれ」

「えっ？　でも冒険者の服なんて買った事がないので分からないです」

戸惑うミルフィにガルガも困った表情になる。

「俺も女性の服を用意した事がないんだよ。だから、細かい事までは分からなくって」

性別が違うからな。

「お店の人に聞いてみましょうか」

「あっ、そうだな。そうしよう」

バズの提案に賛成するガルガ。ミルフィもホッとしている。

店に入ると、店員がにこやかに近づいてきた。

「彼女に冒険者の格好を一通りそろえてもらえないか？」

「分かりました。武器は何を使用しますか？　それによって必要なものが変わってくるのですが」

店員は、ズボンやスカートなどを次々と選んでいく。ミルフィは武器と言われ、ガルガに視線を向けた。

ガルガは、ミルフィの全身を見て困った表情になった。

「ミルフィ、どんな武器に興味がある？」

「えっと、私でも持てる武器なら」

「レイピアにするか？　細身で先端の鋭く尖った刺突《しとつ》用の片手剣だ。護身用にもいい」

「はい。ではそれで」

ガルガが苦笑する。

「ミルフィ、レイピアを見た事は？」

「えっと………」

ガルガから視線を逸らすミルフィ。どうやらレイピアがどんな剣なのか分かっていないようだ。

「今まで貴族として生きてきたんだ、無理もないか。武器屋でレイピアを見て、無理そうなら言ってくれ」

「はい」

ガルガとミルフィの話から、店員は服を選ぶと目の前に並べた。

「こちらが、ミルフィ様にお薦めの服となります。武器が決まっていないようなので、一般的な服だけを集めました」

店員が選んだ服を興味津々で見るミルフィは、ガルガと相談しながら選んでいく。しばらくすると、沢山の荷物を嬉しそうに抱えるミルフィが見えた。

「お待たせしました。次に行きましょう」

次は武器屋。実は、我も楽しみなんだよな。

武器屋に入ると、壁にいろいろな剣が置かれていた。他にも弓に矢。そしてハンマーに鞭《むち》。

鞭？

「鞭は武器になるのか？」

「結構いい武器になるぞ」

ミルフィの武器は選び終わったのか、ガルガが我の下に来る。

「そうなのか」

壁に掛かっている鞭を取る。

「振り回すなよ」

ガルガに向かって笑う。それを心配そうに見るガルガ。

「大丈夫だ」

とは言ったけど、手に持っていたら振り回したくなるな。元に戻そう。

壁に鞭を掛けると、ちょうどミルフィが来た。彼女を見ると嬉しそうにレイピアを持っていた。

「気に入った武器があったのか？」

「はい。とてもかっこいいんです」

レイピアを我の前に出すミルフィ。

彼女が選んだレイピアは、四〇センチメートルほどの長さで、持ち手部分に赤い花模様が入ったデザインでかっこいいものだった。

「かっこいいですね」

バズがミルフィを褒めると、恥ずかしそうに笑う。

「服も武器も準備した。あとは、猛特訓だな」

ミルフィはレイピアを見て頷くとガルガに視線を向ける。

「絶対に扱えるようになりますね」

武器屋を出ると、乗合馬車乗り場に向かう。

「貴族が使う馬車と違って揺れるが大丈夫か？」

ガルガがミルフィを見る。少し不安そうにするミルフィは、ガルガを見て頷く。

「大丈夫です。きっと」

「どうしても無理なら言え、体を浮かしてやる」

我の言葉に、バズが期待を込めた目を向ける。

「バズもか？」

「はい。長距離の移動になるので、ちょっと不安だったんです」

「おいバズ。お前は慣れていないのか？　その…………」

ガルガが言い淀むのを見てバズが苦笑する。

「騎士団での訓練では、馬車は使いませんでした。俺は歩きか走らされたので」

「そうか。悪い」

頭を掻くガルガは、少し視線をさ迷わせる。

「あっ、あそこだ」

乗合馬車が停まっているのを見て、安堵した表情をするガルガ。そのまま、御者に話を聞きに行った。

「ホワル国に行ってからカシャート国に行くしかないみたいだ。森を突っ切る馬車なんてないから」

ガルガの言葉にバズが笑う。

「それはそうでしょうね。出発時間はいつですか?」

「二時間後だそうだ。昼過ぎだな。問題ないなら、チケットを買っていいか?」

ガルガは我々を見て頷くと、チケットを買いに行った。

「あっ、お金」

ミルフィが、少し困った表情をして少し離れた場所にいるガルガを見る。

「後で渡せばいいだろう」

「そうですね」

ガルガが戻ってくると、バズがガルガの正面に立つ。

「どうした？」

「俺の武器も選んでください」

えっ？

バズは争うのを嫌っているのに？

「どうした？　何か不安な事でもあるのか？」

「いいえ、僕も自分の食い扶持《ぶち》ぐらい稼がないとダメだと思ったんです」

バズの言葉にガルガが目を見開く。

「気にしなくていいぞ。魔道具を作りたいんだろう？」

「魔道具は作ります。あっ、魔道具の本はかなり高額なんです。だからお金を貯める必要もあります」

バズの勢いに、ガルガが少し背を反らす。

「冒険者は魔物を倒すだけでなく、人に武器を向ける事もある。本当に大丈夫か？」

真剣な表情で聞くガルガ。バズも真剣な表情で頷いた。

「はい。問題ありません。まぁ、少し不安もありますが、でも乗り越えます」

ガルガがジッとバズを見る。そして溜め息を吐いた。

「分かった、本気みたいだしな」

ガルガの返事に、バズだけでなくミルフィも喜ぶ。

「よかったですね」

「はい。二人で頑張りましょう」

ん〜、バズとミルフィを見ているとほわっとした気持ちになるな。

これは…………なんだろうな。

「さっきの武器屋に戻って。あっ、バズの武器はなんだ？」

「ロングソードを使ってました」

バズの返答に、ガルガが少し驚いた表情をする。

「そうか。さっきの武器屋にいいロングソードがあったな。あれにしよう」

バズがガルガを見て笑う。

「僕に合えばですよ」

「…………分かっている」

ガルガの返答に間があったな。バズも気付いたのか不審気にガルガを見る。その視線に気付いたガルガがそっと視線を逸らす。間に気付かなかったミルフィは、ガルガとバズを見て首を傾げていた。

面白い三人だな。

武器屋に戻り、ちょっと口論もあったがバズの武器も無事に購入。乗合馬車の乗り場に戻り、馬車に乗り込んだ。

正面に座ったガルガとミルフィを見る。そして隣に座ったバズを。

「不思議なものだ」

目が覚めてから、今までの事を思い出す。どこかくすぐったい気持ちになるのが不思議だな。


―元冒険者　ガルガ視点―


正面に座ったルクスが小さく口元を緩めたのが見えた。それに驚く。

「ガルガさん、どうしたんですか？」

隣に座ったミルフィを見る。そして首を横に振った。

もしかしたら見間違いかもしれない。ルクスが、あんなに優しく笑うなんて。

もう一度ルクスに視線を向ける。いつもの無表情だ。いや、無表情に見えるが微かに感情が見える。ただ、もの凄く分かりづらいだけだ。

「やっぱり見間違いだったのか？」

いや、でもあれは確かに笑っていたように見えた。チラッとルクスを見る。今の彼女からはまったく想像できないな。ん〜、やはり見間違いだったかもしれないないな。

ルクスの隣に座っているバズを見る。最初に会った時とは違い、何かを期待しているような目をしている。それは隣に座っているミルフィも同じだ。

これまでずっと我慢してきた二人。これからどうなるか分からないが、後悔をしても笑える未来になればいい。その手助けぐらいなら出来るはずだ。

それにしても、不思議な縁だよな。

賢者に助けを求めに行って、ドラゴンに会って。バズを拾って。ミルフィが落ちてきて。まったく関係なかった俺たちが、冒険者でチームを組もうとしているんだから。

まさか国を捨て冒険者も辞めたのに、もう一度冒険者に登録しようと思うなんて。それも「幸せ」を探す旅のために。人生は何が起こるか分からない。そんな言葉はよく聞くけど、まさか自分が経験するとは。本当に面白い。こんな出会いが出来た俺は、幸運だよな。

三人を見る。そしてフッと笑顔になる。

「これからの旅が楽しみだ」

あれ？　そういえば、冒険者登録の話はしたがチームを組む事は言ったかな？　まぁ、いいか。そんな事は登録した時に話せば。

「出発しますよ」

御者の声が聞こえると、ゆっくり馬車が動きだした。

エピローグ

ボン！

「うわっ！」

爆発音に視線を向けると、魔法陣を組み込んだ魔道具から黒い煙が上がっている。

「また失敗した〜」

落ち込むバズの頭を撫でるミルフィ。

「大丈夫、次は成功するわよ」

「ありがとう」

ミルフィにとってバズは可愛い弟のようで、いろいろと世話を焼いている。旅を始めた頃はバズに世話をされていたが、彼女は変わったな。バズも好きな事が出来るからだろうか、楽しそうだ。

「それ、灯りの魔道具だろう？」

「はい、そうですよ」

ガルガの言葉に、黒焦げになった魔道具から視線を上げるバズ。

「バズのお陰で、屑の魔石で十日も灯りが点くようになったのに、まだ改良をしているのか？」

馬車に四人で乗ったあの日から数ヵ月。四人で旅を続けている中、バズは魔道具の改良を成功させた。今では多くの者たちが、バズの改良した魔道具を使い始めている。

「もちろん、目標は二週間なので。なんとしても屑魔石一個で、灯りを二週間点けてみせます」

両手をギュッと握り、気合を入れるバズ。そんな彼の態度に、ガルガは嬉しそうに笑う。

「そうか。俺は応援しか出来ないが頑張れよ」

「はい。ありがとうございます」

ガルガの応援に、笑顔で頷くバズ。ミルフィもそんな二人を見て嬉しそうに笑っている。

三人は、この旅でよく笑うな。

「ルクスは、どうしたんだ？　飲むか？」

ガルガが我に視線を向けると果実水を差し出した。

「ありがとう」

果実水を一口飲む。

「おいしいか？」

「…………果実の味だな」

我にはまだ「おいしい」が分からない。

「そうか。さっきは、ぼうっとしていたけど大丈夫か？」

我に向かって心配するのは彼等だけだ。今までそんな言葉は無縁だった。

「大丈夫だ。ただ、三人がよく笑っているから見ていた」

なんとなく、この時間が好きかもしれないと気付いた。心がうずうずする。いつも不思議に思うが、嫌ではない。

「それより、今度はどこに行くんだ？」

ガルガに視線を向けると、地図を広げた。

「ここだ」

ガルガが指したのは、ドラゴンの森。

この旅を始めてから一度だけドラゴンの森に帰ったが、それ以降は帰っていないので久しぶりだ。

「明日から、ドラゴンの森に行くための旅費を稼ぐぞ。とりあえず、魔物狩りだな」

ガルガの言葉に、バズとミルフィが頷く。

「我も手伝うよ」

「ルクス」

我の体から取った素材は、混乱を引き起こすから売れないと言われたからな。

「なんだ？」

「素材が必要なんだから、灰にするなよ」

「分かっている。大丈夫だ…………たぶん」

我の言葉に苦笑するガルガ。

でも我もこの旅で、少しは手加減を覚えた。太い枝なら粉々にせず、二つに折る事も出来るようになった。だから、三日前には魔物を灰にしてしまったが、次は大丈夫な気がする。

「ルクスは変わったよな」

「我が？」

ガルガを見ると、嬉しそうに頷いた。

「ふっ、そうか。我も変わったのか」

「今、ルクスさんが笑ったわよね？」

声を潜めバズに聞くミルフィ。バズは、我を見て嬉しそうに頷いた。

頬を押さえる。知らない間に、表情が動いたようだ。

「そろそろスープが完成したな。食べようか」

ガルガの言葉に、焚き火を囲うように座るバズとミルフィ。我も、バズの隣に座るとガルガからスープの入った器を受け取る。

一口食べる。

肉と野菜、あと薬草が数種類。「おいしい」は分からないが、我はこの時間が続けばいいと思う。

あぁ、確かに我も変わったな。

あとがき

皆様、はじめまして。ほのぼのる５００です。この度は「ドラゴンは幸せが分からない」を、選んでいただきありがとうございます。イラストを担当していただいた武田ほたる先生、みんなを可愛くそしてかっこよく描いてくださり、ありがとうございました。

二〇二四年、スターツ出版から「短編を出しませんか？」と連絡をいただきました。ビックリしましたが、とても嬉しかったです。ただ、私は短編を書いた事がなく、ちょっと不安もありました。

なぜなら私が今まで書いた作品は、長編のみ。思いついた妄想を全て詰め込んだ作品ばかり。でも短編は十万文字から十二万文字なんです。浮かんだ妄想を全て採用する事は不可能。そのため、妄想を詰め込みすぎないように気を付けました。

ドラゴンを主人公にしたのは、誰を主人公にするべきか考えている時に、たまたま浮かんだからです。なぜかあの時は「これだ！」と思ったんです。ドラゴンを主人公に決めた後、どんな物語にするか、ずいぶんと悩みました。

ドラゴンの強さを描く物語か、それとも聡明さか。ドラゴンといえば、私の中で聡明で強いイメージだったから。

でも、いろいろ考えている時に常識知らずのドラゴンが思い浮かんだんですよね。強いけどちょっと残念なドラゴン。そんな主人公は面白いかもしれないと思ったら、次々と妄想が。ただ、今回は短編。妄想したものから、何を描くかちょっと迷走。担当者さんの助言を参考にしながら、仲間と共に「幸せ」を探す物語になりました。

強いけどいろいろ欠けているドラゴンと、生まれた国を捨てた元冒険者。そして、家族に見切りをつけた家出獣人に飛ばされてきた貴族令嬢が仲間に加わり旅へ出発します。なんとか話が纏まってホッとしています。

スターツ出版様、担当者M様、皆様のお陰で無事に出版する事が出来ました。本当にありがとうございました。

最後に、この物語で少しでも笑顔が生まれたら嬉しいです。

ほのぼのる５００

ドラゴンは幸せが分からない
～数百年ぶりに目覚めた最恐種は人として異世界旅に出る～

2025年2月28日　初版第1刷発行

著　者　ほのぼのる500

発行人　菊地修一

発行所　スターツ出版株式会社

〒104-0031　東京都中央区京橋1-3-1　八重洲口大栄ビル７F
TEL　03-6202-0386（出版マーケティンググループ）
TEL　050-5538-5679（書店様向けご注文専用ダイヤル）
URL　https://starts-pub.jp/

印刷所　大日本印刷株式会社

ISBN　978-4-8137-9422-6　C0093　Printed in Japan

［ほのぼのる500先生へのファンレター宛先］
〒104-0031　東京都中央区京橋1-3-1　八重洲口大栄ビル７F
スターツ出版（株）　書籍編集部気付　ほのぼのる500先生